Manfred Bilinsky

Spiegelverkehrte Affären

Spiegelverkehrte Affären

Buchautor: Manfred Bilinsky

Bibliografische Information der Deutschen Nationalbibliothek:
Die Deutsche Nationalbibliothek verzeichnet diese Publikation
in der Deutschen Nationalbibliografie; detaillierte bibliografische
Daten sind im Internet über http://dnb.dnb.de abrufbar.

© 2018 Manfred Bilinsky

Herstellung und Verlag:
BoD – Books on Demand, Norderstedt

ISBN: 9783743154155

Spiegelverkehrte Affären

Dieser Buch-Roman erzählt die Geschichte in der Gegenwart und ist vorwiegend mit umgangssprachlichen Dialogen versehen.

Angelehnt ist dieses Buch, an das Theaterstück „Affären zur Glückseligkeit" von Manfred Bilinsky.

Fotos: Manfred Bilinsky

Die morgendliche Sonne lacht vom Himmel und in der Thermen-Anlage herrscht schon reger Betrieb. Besonders aus dem Frühstücksraum hört man das Geschirr klappern. Die Service-Mitarbeiter erfüllen die Wünsche der gut gelaunten Gäste. Es ist eine entspannte und fröhliche Situation. Für das Thermen-Personal hingegen, der übliche morgendliche Wahnsinn. Nur im Außenbereich, schien es noch ruhig zu sein, mit der Ausnahme von Lilly, die bereits die Poolbar vorbereitet, als der erste Gast, Valentin Schwarz an die Bar kommt:

Valentin:
„Guten Morgen. Haben sie schon geöffnet?

Lilly:
„Einen wunderschönen guten Morgen, wünsche ich ihnen. Ja. Bitteschön, was darf ich ihnen servieren?"

Valentin:
„Ich hätte gerne einen schwarzen Kaffee, bitte."

Lilly:
„Sehr gerne. Sind sie ein Gast des Hotels?"

Valentin:
„Ja, ich habe gestern Abend eingecheckt."

Lilly:
„Als Gast haben sie Anspruch auf ein ausgiebiges Hotelfrühstück, da wäre der Kaffee inbegriffen."

Valentin:
„Danke, aber hier ist es ruhiger, und einen schöneren Anblick, hat man hier auch noch. Sie sind wunderschön, Fräulein."

Lilly:
„Dankeschön. Sie können mich gerne, Lilly nennen."

Valentin:
„Angenehm, schöne Lilly."

Lilly:
„Auf welchen Namen oder auf welche Zimmernummer, darf ich den Kaffee buchen?"

Valentin:
„Valentin Schwarz, Zimmernummer 26. Bedienen sie, die Poolbar ganz alleine?"

Lilly:
„Nein, Charly, mein Kollege, kommt etwas später. Sind sie alleine angereist?"

Valentin:
„Nein, ich bin mit meiner Frau Marlene, gekommen. Sie schläft noch."

Lilly:
„Das ist schön."

Valentin:
„Ja, es ist schön, dass sie noch schläft. Somit habe ich noch meine Ruhe von ihr."

Lilly:
„Aber, aber. So schlimm, wird ihre Frau, schon nicht sein."

Valentin:
„Naja, wie Frauen, halt so sind. Sie nörgelt viel zu viel. Mach das..., benimm dich..., wir müssen reden..., du hörst mir nicht zu..., da könnte ich noch viel mehr aufzählen."

Lilly:
„Das ist aber sicher nicht böse gemeint."

Valentin:
„Sie sind bestimmt anders als meine Frau."

Lilly:
„Davon gehe ich aus. Jeder Mensch hat seine Stärken und Schwächen."

Valentin:
„Wie kann eine so hübsche Frau wie sie, Schwächen haben?"

Lilly:
„Oh doch, die hat jeder Mensch, oder etwa nicht?"

Valentin:
„Doch, doch. Ich habe eine Schwäche für attraktive, fesche Frauen. Wobei, ich aber nur schaue. Gegessen wird zuhause."

Lilly:
„Sehr brav, das lobe ich mir."

Valentin:
„Was sind ihre Schwächen?"

Lilly:
„Die verrate ich nicht. Meine Mitmenschen sollen mich so kennen lernen, wie ich bin. Schwächen, liegen ja auch im Auge des Betrachters."

Valentin:
„Das ist ja süß. Ich finde meine Schwäche, auch nicht als richtige Schwäche. Ich betrachte es selbst, eher als Stärke, als etwas Schönes. Meine Frau wiederrum nervt es, wenn ich andere Frauen anschaue oder sie sogar anlächle."

Lilly:
„Es kommt natürlich auch darauf an, wie man jemanden anguckt. Ihre Frau, liebt sie, da wird sie eventuell einen Grund haben, ein bisschen eifersüchtig zu sein."

Valentin:
„Nein, das braucht sie nicht. Sie kennt mich doch."

Lilly:
„Vielleicht, genau aus diesem Grund?"

Valentin:
„Wie sieht es bei ihnen aus, Fräulein Lilly? Sind sie auch eifersüchtig? Oder ihr Freund?"

Lilly:
„Ich vertraue darauf, dass mein Partner mir treu ist."

Valentin:
„Einfach so?"

Lilly:
„Klar, einfach so. Vertrauen, ist doch einer der wichtigsten Punkte, in der Liebe."

Valentin:
„Sie sollten einmal, mit meiner Frau darüber reden, sie sieht es ganz anders."

Lilly lächelt und schweigt.

Plötzlich pfeift jemand leise. Eine Frau, steht geduckt neben der Bar und möchte von Lilly nicht gesehen werden. Aber Lilly, sah die Frau trotzdem. Sie pfeift, Valentin zu.

Lilly:
„Ich glaube, die Dame möchte ihre Aufmerksamkeit. Sie pfeift nach ihnen. Ist das ihre Frau? Sieht sehr attraktiv aus."

Valentin wird verlegen und gestikuliert der Frau zu, damit sie verschwindet. Aber, sie bleibt hartnäckig und pfeift weiterhin. Valentin, tut so, als ob er die Frau nicht kennen würde. Doch, dieser Frau, wird es zu blöd und geht auf Valentin zu.

Valentin versucht sich, vor Lilly, zu rechtfertigen:
„Ich kenne diese Frau nicht. Ehrlich nicht."

Lilly, lächelt und begrüßt die Dame:
„Guten Morgen. Was darf ich ihnen servieren?"

Isabella:
„Guten Morgen, Fräulein. Ich möchte nichts, danke."

Isabella, widmet sich Valentin und spricht etwas leiser:
„Simon, schläft noch. Wir könnten diese Zeit für uns nutzen."

Valentin, versucht leise zu antworten:
„Jetzt? Marlene wird nicht mehr lange schlafen."

Isabella flüstert:
„Egal, komm schon."

Valentin spricht in normaler Lautstärke:
„Nein, ich mag jetzt nicht. Ich bleibe hier sitzen. Marlene, könnte jederzeit, nach mir suchen."

Isabella:
„Seit wann bist du so ängstlich? Bisher, war dir auch alles egal. Liegt es an der Kellnerin?"

Valentin:
„So ein Quatsch. Sie ist nett und hübsch."

Valentin, schaut Lilly an und spricht weiter:
„Sogar sehr nett, und wunderhübsch."

Valentin, dreht sich wieder zu Isabella:
„Aber, nein, Häschen. Wir haben uns gerade gut unterhalten, und meine Tasse ist auch noch voll. Ich werde nach dem Frühstück, Marlene zu irgendeinem Beautyprogramm schicken, dann können wir uns ungestört treffen. Möchtest du auch einen Kaffee?"

Isabella:
„Ja, okay."

Valentin:
„Fräulein Lilly, darf ich noch eine Tasse Kaffee mit viel Milch bestellen? Es wäre für die Dame."

Lilly:
„Sehr gerne. Kommt sofort."

Isabella:
„Wo können wir uns ungestört treffen? Kennst du die Anlage?"

Valentin:
„Pssst, sei doch leise. Es muss nicht jeder wissen, dass wir uns heimlich treffen. Wir werden schon etwas finden."

Noch bevor Isabella antworten kann, kommt ihr Mann Simon hinzu:
„Isabella, ich habe dich schon gesucht. Lass uns zum Frühstücksbuffet gehen. Jetzt komm doch endlich."

Isabella steht auf und geht mit Simon mit. Mittlerweile ist der bestellte Kaffee fertig und Lilly stellt in zu Valentin:

„Der Kaffee für das Häschen. Bitte sehr."

Valentin:
„Fräulein Lilly, jetzt haben sie mich durchschaut. Aber, es ist nicht so, wie sie jetzt glauben."

Lilly:
„Natürlich nicht."

Valentin grübelt und gibt sich erwischt:
„Ja, ja, sie haben es richtig gesehen. Isabella, ist meine Geliebte. Das darf meine Frau, aber nicht wissen. Marlene und ich haben uns auseinandergelebt. Die Liebe ist schon lange verflogen. Isabella, ist da ganz anders. Sie weiß, was ein Mann braucht und sie hat nicht, stets Migräne, und sagt nicht immer, geh weg mit dem Ding, oder, fass mich nicht an, oder, ich bin müde und so weiter und so weiter."

Lilly:
„Migräneanfälle, sind auch sehr schmerzhaft. Sie wird es nicht mit Absicht haben."

Valentin:
„Oh doch, meine Frau schon. Sie bestraft mich, sie möchte mich leiden sehen. Aber, dann sah ich Isabella."

Lilly:
„Und, Schwupps, waren die Leiden beendet."

Valentin:
„Genau. Sie tut mir richtig gut und ich fühle mich jünger bei ihr."

Lilly:
„Wäre eine Trennung keine Option für sie und Marlene? Dann könnten sie mit Isabella, einen Neuanfang machen."

Valentin:
„Nein, das geht nicht. Isabella ist auch verheiratet. Außerdem, arbeite ich im Unternehmen von meiner Frau. Wenn ich mich von ihr trennen würde, wäre ich meinen Job los."

Lilly:
„Das ist natürlich ein Grund zu bleiben."

Valentin:
„Absolut. Ohne mich wäre ihre Firma nicht erfolgreich. Alle Entscheidungen gehen über meinen Tisch. Was würde sie ohne mich machen? Sie wäre verloren."

Lilly flüstert:
„Bis sie von einem anderen aufgefangen wird."

Valentin:
„Wie bitte? Ich konnte sie nicht verstehen?"

Lilly:
„Entschuldigung. Ich meinte: Es ist toll, dass sie ihre Frau, bezüglich der Firma, auffangen und alles im Griff haben."

Valentin:
„Höre ich da einen Unterton heraus?"

Lilly:
„Nein, Herr Schwarz. Darf ich ihnen noch etwas servieren?"

Valentin:
„Nein, Dankeschön. Sie müssen eines wissen, meine Frau ist sehr labil, was die Entscheidungskraft in der Geschäftsführung betrifft. Sie braucht mich, als einen starken und zuverlässigen Partner."

Lilly:
„In der heutigen Zeit, gibt es viele erfolgreiche Frauen im Management. Eventuell, müssten sie ihrer Frau mehr Vertrauen schenken."

Valentin lacht:
„Marlene und eine erfolgreiche Frau. Haha, da muss ich echt lachen. Meine Frau, beauftragt sogar für ihr Morgenritual einen Berater. Ohne einen Berater, entscheidet sie nichts."

Lilly:
„Besser eine gute Beratung als eine Fehlentscheidung."

Valentin:
„In der Geschäftsführung muss man permanent schnell reagieren. Die Mitarbeiter vertrauen auf einen kompetenten Chef und nicht auf jemandem, der selbst erst Fragen gehen muss, was zu tun ist. Klare Arbeitsanweisungen sind der Schlüssel zum Erfolg."

Valentins Frau, Marlene Schwarz kommt hinzu:
„Hier bist du. Ich habe dich schon gesucht."

Valentin:
„Und offensichtlich auch gefunden. Guten Morgen, meine Liebe."

Lilly:
„Einen schönen guten Morgen Frau Schwarz."

Marlene widmet sich Lilly:
„Guten Morgen, Fräulein. Hält mein Mann, sie von der Arbeit ab?"

Lilly:
„Nein, überhaupt nicht, ganz im Gegenteil. Wir haben uns gut unterhalten."

Valentin:
„Warum sollte ich Fräulein Lilly, von der Arbeit abhalten? Was soll diese Frage?"

Marlene:
„Weil ich dich kenne."

Marlene sieht die zweite Kaffeetasse auf der Bar Theke und fragt:
„Ist der für mich? Hast du für mich auch schon einen Kaffee bestellt?"

Da der zweite Kaffee eigentlich für Valentins Geliebte ist, schaut Lilly gespannt zu Valentin. Valentin antwortet spontan:
„Klar, ist der für dich."

Marlene:
„Wie konntest du wissen, dass ich jetzt komme?"

Valentin reagiert nervös aber kontert:
„Ein Mann spürt das, wenn seine Frau kommt."

Marlene antwortet verdutzt:
„Naja, wenn du es sagst?"

Marlene, greift zur Tasse um einen Schluck zu trinken, aber merkt etwas:
„Mit Milch? Seit wann trinke ich Kaffee mit Milch?"

Lilly reagiert rasch und schreitet ein:
„Ich bitte vielmals um Entschuldigung. Es war mein Fehler. Einen Augenblick, ich mache ihnen einen frischen schwarzen Kaffee, so wie ihr Mann es bestellt hatte."

Lilly nimmt die Tasse von der Bar und schaut Valentin dabei mit einem Lächeln an. Valentin lächelt verlegen.

Marlene widmet sich ihrem Mann:
„Seit wann sitzt du schon an der Bar, bei Fräulein Lilly?"

Valentin:
„Noch nicht sehr lange. Warum fragst du?"

Marlene:
„Ich frage mich, wie lange es dauern kann, bis man den Namen einer hübschen Kellnerin weiß? Möchtest du mir etwas sagen, was ich noch nicht weiß?"

Valentin:
„Eigentlich nicht, nein."

Lilly:
„Keine Angst, Frau Schwarz. Ich mache kein Geheimnis aus meinem Namen und stelle mich den Gästen, gerne mit Namen vor."

Marlene zu Lilly:
„Sie sind eine sehr auffallende Schönheit, wenn ich das so frei sagen darf."

Lilly schmeichelt das Kompliment und zwinkert Marlene zu:
„Dankeschön, Frau Schwarz. Wobei ich mit ihnen nicht konkurrieren kann."

Marlene lacht:
„Mit dem Alter nicht, das stimmt."

Valentin:
„Flirtet ihr beide miteinander? Ich glaube, ich bin im falschen Film."

Lilly und Marlene lächeln Valentin an.

Noch bevor Lilly darauf antworten kann, kommt Annika, ihre beste Freundin, an die Bar:
„Einen schönen guten Morgen wünsche ich in die Runde."

Lilly:
„Hey Hübsche. Guten Morgen. Hast du gut geschlafen?"

Annika beugt sich über die Bar, küsst Lilly auf den Mund und sagt:
„Ja, obwohl die letzte Nacht sehr kurz war. Jetzt brauche ich erstmals einen starken Espresso. Hängt dir die Nacht nicht nach? Du strahlst so."

Lilly:
„Ich bin voll fit. Ich habe auch nicht so tief in die Flasche geguckt, wie du."

Valentin bringt sich ein:
„Da war der Mädchen-Abend wohl sehr lustig?"

Lilly:
„Ja. Wir hatten viel zu feiern."

Annika legt ihren Kopf auf die Theke und murmelt:
„Aua, mir brummt der Kopf."

Lilly:
„Jetzt stärke dich mit dem Espresso und dann, sieht die Welt gleich wieder besser aus."

Valentin:
„Ja, ja, der Morgen danach ist immer schlimm. Oft, hilft es, wenn man weiter feiert. Wir könnten doch…"

Marlene unterbricht ihren Mann:
„Denk gar nicht erst daran, was du könntest."

Marlene sagt zu Annika:

„Wie wäre es mit einer Erfrischung im Pool? Schwimmen sie doch eine entspannte Runde. Der Pool ist gerade gästefrei, sie wären ganz alleine. Das tut ihnen sicher gut."

Lilly gefällt der Vorschlag und sagt zu Annika:
„Sie hat Recht. Spring ins Wasser und genieße die Ruhe."

Annika hebt ihren Kopf, schaut Richtung Pool und sagt:
„Okay, das könnte mir wirklich guttun."

Annika steht auf und zieht sich während dem Gehen, ihr Wickelkleid aus und wirft es auf den Boden. Darunter trägt sie einen Bikini. Lilly und das Ehepaar Schwarz schauen Annika nach und Valentin schwärmt:
„Ohlala, was für eine traumhafte Schönheit..., und wie sie sich bewegt..., wie eine Elfe..., und dann noch die langen Beine..., Wauw."

Marlene:
„Krieg dich wieder ein. Wann hast du mir eigentlich das letzte Mal, so ein Kompliment gemacht?"

Valentin:
„Immer doch, meine Liebe. Vielleicht weniger mit Worten, aber der Ring an meinem Finger beweist es doch. Du bist meine Ehegattin."

Marlene:
„Und deswegen brauchst du mir nicht zu schmeicheln? Der Ring schließt, persönliche und liebevolle Komplimente aus? Es gibt Männer, die auch ihren Ehefrauen, Komplimente machen."

Valentin versucht sich vor einer Antwort zu drücken:
„Welches Beauty-Programm hast du dir für heute ausgesucht? Wann, musst du wo sein?"

Marlene:
„Darüber brauchst du dir keine Sorgen machen. Ich lass mich voll und ganz, als Frau verwöhnen. Meine Wünsche habe ich an der Rezeption bekannt gegeben. Beginnen, wird das Verwöhn Programm mit einem Gesichtspeeling..."

Valentin unterbricht seine Gattin:
„So genau brauche ich es nicht zu wissen. Wo treffen wir uns zum Mittagessen?"

Marlene:
„Warum nicht hier an der Bar, bei Fräulein Lilly?

Valentin nickt und eine Mitarbeiterin der Anlage, Tamara, nähert sich:
„Frau Schwarz?"

Marlene steht auf und antwortet:
„Ja, das bin ich."

Tamara:
„Ich bin Tamara und würde sie gerne zum Peeling abholen."

Marlene ist erfreut:
„Sehr gerne. Bis später, mein Bärli."

Valentin lächelt und winkt Marlene und Tamara nach. Er neigt seinen Kopf und begutachtet die Beauty-Mitarbeiterin:
„Wahnsinn, was für eine tolle Figur..."

Lilly:
„Das stimmt. Ihre Frau sieht blendend aus."

Valentin schwärmt und kurz darauf reagiert er anders:
„Ja, blendend..., was? Wer? Ich meinte doch das Mädel

im kurzen weißen Kleidchen. Ich sollte auch ein Peeling-Programm machen. Was wird hierbei eigentlich alles gepeelt?"

Lilly:
„Wie der Name des Programms schon verrät, Herr Bärli, das Gesicht."

Valentin lacht verlegen:
„Haha, jetzt im Ernst. Gibt es auch ein Ganzkörper-Peeling-Programm?"

Lilly:
„Da gibt es bestimmt etwas, aber da müssten sie sich bei der Rezeption erkundigen. In diesem Bereich kenne ich mich leider nicht genug aus, sorry. Aber, eines kann ich mit Sicherheit bestätigen, dass die Schönheit ihrer Frau noch einem Hauch an Perfektion verliehen wird. Obwohl, ihre Frau jetzt schon perfekt ist. Darf ich eine indiskrete Frage stellen, Herr Schwarz?"

Valentin:
„Nur zu, hübsche Lilly."

Lilly:
„Sie haben eine wunderschöne, attraktive und auch sehr sympathische Frau. Wozu haben sie eine Geliebte? Andere Männer, würden ihre Frau, vergöttern und verwöhnen. Sie würden alles für diese Frau tun und nicht einmal darüber nachdenken, mit einer anderen Frau etwas zu beginnen."

Valentin:
„Meine Frau ist meine Frau, keine Frage. Doch, sind wir vermehrt zu Partnern geworden. Es fehlte zusehends der Wind im Segel. Sicher ist es auch der Kick, etwas anderes zu haben. Abgesehen davon, Isabella passt perfekt zu mir. Bei ihr spüre ich das Leben. Verstehen sie? Mein Leben,

spüre ich durch Isabella. Marlene gibt mir die berufliche Sicherheit. Leider mehr als Partner und nicht als Frau, die ich mir wünsche. Isabella, gibt mir das Gefühl ein ganzer Mann zu sein."

Lilly:
„Das klingt aber traurig. Genügt ihnen Isabella für ihre Wünsche?"

Valentin:
„Absolut."

Lilly:
„Aber, flirten und jeden Rock nachsehen, tun sie weiterhin."

Valentin lacht:
„Jetzt einmal ganz ehrlich: Egal ob Mann oder Frau, jeder Mensch, sieht einer schönen Frau nach. Ihr Frauen, blickt genauso, anderen Frauen hinterher. Schöne Frauen, sind wie Magnete, denen man sich nicht entziehen kann."

Lilly schmunzelt:
„Das stimmt, auch ich erwische mich immer selbst dabei, wenn ich einer tollen Frau nachgucke. Ich als Frau, kann mich auch nicht den magnetischen Schönheiten einer Frau entziehen. Sie haben damit vollkommen Recht."

Lilly denkt kurz nach und fragt neugierig weiter:
„Haben sie ein schlechtes Gewissen, wenn sie ihre Frau betrügen? Sie liebt sie doch. Wäre es nicht besser, mit offenen Karten zu spielen?"

Valentin:
„Diese Worte sind leichter gesagt als getan. Ich versuche es so zu erklären: Mit Marlene, ist es eine vernünftige und logische Ehe. Mit Isabella, erlebe ich die Unvernunft und das unlogische Verlangen nach mehr Leidenschaft."

Lilly:
„Aha, okay. Das heißt, sie brauchen beide um sich selbst gut zu fühlen."

Valentin:
„Ja, so könnte man es sagen. Doch bedenken sie auch, beide Frauen, brauchen mich ebenfalls. Die eine für die sichere Ehe und für die Firma und die Andere für ihre Lust und Leidenschaft."

Lilly:
„Wäre es nicht sinnvoller, wenn sie sich von ihrer Frau trennen würden und als Geschäftspartner weiterhin zusammenarbeiten? Dann könnten sie ihre Liebe mit ihrer jetzigen Geliebten in vollen Zügen leben."

Valentin:
„Was glauben sie, was Marlene mit mir machen wird, wenn ich sie verlasse? Nein, nein. Das ist mir zu gefährlich. Haben sie schon einmal einem hungernden Löwen, seine Beute entrissen?"

Lilly:
„Nein, natürlich nicht. Aber, sie sind doch keine Beute für ihre Frau. Dieser Vergleich passt hier nicht, Herr Schwarz."

Isabella kommt hinzu und beugt sich zu Valentins Ohr:
„Simon ist beschäftigt und ich habe jetzt Zeit für dich."

Während Valentin und Isabella tuscheln und verliebt sind, kommt Annika im Bikini und mit einem Handtuch über die Schultern gelegt, zurück vom Schwimmen an die Bar. Sie sieht das verliebte Pärchen und schaut noch ein zweites Mal genau hin. Immerhin, sah sie bevor sie schwimmen ging, Valentin mit einer anderen Frau. Sie dreht sich zu Lilly und zuckt ihre Schultern fragend hoch:

„Habe ich etwas verpasst? Oder sehe ich was, was ich nicht sehen sollte?"

Lilly flüstert zu Annika:
„Schon gut Annika. Du siehst schon richtig. Ich erkläre es dir später."

Valentin:
„Oh, die feiernde, die etwas zu tief in die Flasche geblickte Meerjungfrau ist zurück. Geht es ihnen schon besser?"

Annika:
„Ich frage mich, wer hier wohl mehr getrunken hat. Waren sie nicht vor kurzem noch, in anderer Begleitung?"

Lilly unterbricht energisch und beginnt bei Annika, über die Theke, mit den Händen zu fuchteln:
„Annika, da ist eine Biene, pass auf. Hier, schau."

Annika schreckt auf:
„Wo? Ich sehe keine?"

Lilly:
„Da war sie und jetzt ist sie fortgeflogen. Was machst du heute noch?"

Annika:
„Jetzt einmal meinen Espresso trinken, anschließend gehe ich duschen und frisch machen, und dann warte ich sehnsüchtig, bis du für mich Zeit hast."

Lilly lächelt:
„Du bist verrückt."

Valentin nimmt Isabella an die Hand und steht auf:
„Nun, wir müssen dann mal weg. Ich wünsche euch eine schöne gemeinsame Zeit. Bis später, ihr zwei hübschen Turteltauben."

Lilly und Annika lachen und sagen:
"Viel Spaß."

Als Valentin und Isabella weg sind, sagt Annika:
"Was ist das denn für ein Typ? Ist er mit zwei Frauen hier?"

Lilly:
"Ja und nein. Aber, bitte keine Vorurteile. Herr Schwarz ist trotz allem ein sehr netter und gutaussehender Mann."

Annika:
"Er betrügt seine Frau, während ihres gemeinsamen Urlaubes? Das ist echt krass, sorry. Nicht nur das, er flirtet ungeniert mit allen Frauen. Hat er dich auch schon mit Erfolg angebaggert, weil du ihn verteidigst?"

Lilly:
"Ich verteidige ihn nicht, sondern versuche sein Verhalten zu verstehen. Und nein, er hat mich nicht angebaggert und nicht in sein Bett eingeladen."

Annika:
"Eigentlich schade. Aussehen, tut er verdammt gut. Was meinst du?"

Lilly:
"Er sieht sehr gut aus, aber ich glaube, mehr Stress würde er nicht verkraften. Ob das überhaupt gut geht? So viele Versteckmöglichkeiten gibt es hier gar nicht. Ich versuche ihn zu verstehen und werde meinen Beitrag dazu leisten, dass er nicht so schnell auffliegt. Immerhin, ist der Kunde König, und sein Privatleben, geht mich nichts an."

Annika:
"Und mein Privatleben?"

Lilly:
„Bei dir ist es ja etwas anderes. Charly ist im Anflug."

Annika ist in Lillys Kollegen Charly verliebt. Lilly ist eingeweiht, aber Charly, ist ahnungslos.

Charly begrüßt Lilly mit einem Kuss auf den Mund und Annika mit einem Bussi auf die linke Wange und einem auf die rechte Wange.

Lilly:
„Hallo Charly. Wie lange bist du gestern noch geblieben?"

Charly:
„Nicht mehr lange. Ohne euch beiden, war es nicht mehr so lustig."

Charly widmet sich Annika:
„Wie geht es dir? Du hast gestern nicht mehr so frisch ausgesehen."

Annika:
„Ja, leider. Ich hatte ein oder zwei Gläser zu viel. Normalerweise trinke ich fast keinen Alkohol. Mein Kopf brummt noch immer."

Charly:
„Ein bisschen Party machen gehört auch zum Leben dazu. Aber, warum trinkst du Alkohol, wenn du es nicht verträgst?"

Annika:
„Eventuell um Mut aufzubauen?"

Charly:
„Hat es sich wenigstens gelohnt? Ich meine, warst du mutig genug, um dein Ziel zu erreichen?"

Annika schaut auch Lilly an:
„Ne, nicht wirklich. Obwohl, es eventuell auch nicht an mir lag. Ach, egal. Was weiß denn ich. Schwamm drüber."

Lilly versucht es hinterrücks:
„Weißt du Charly, manche Menschen, sehen oder spüren es nicht, wenn sich eine Person, für sie interessiert. Sie checken es einfach nicht."

Charly:
„Ja, da gibt es sicher viele von dieser Sorte."

Annika nuschelt leise zu Boden:
„Bedauerlicherweise, gehörst du dazu."

Lilly, merkt den Schmerz und die Enttäuschung ihrer Freundin und nimmt ihre Hand:
„Du bist einzigartig, denk immer daran."

Zwei junge und hübsche Frauen (Lisa und Julia) mit kurzen Röcken, bauchfreien Shirts und hohen Schuhen, schleichen sich vorsichtig an die Bar. Sie schauen sich um. Offensichtlich sind sie auf der Suche nach einer bestimmten Person. Eine von den beiden flüstert der anderen zu.

Lisa:
„Siehst du ihn?"

Julia:
„Nein. Ob er überhaupt hier ist?"

Lilly wird auf die reizenden Teenager aufmerksam und spricht sie an:
„Hallo. Darf ich euch helfen?"

Lisa:
„Nein, eigentlich suchen wir jemanden, aber…"

In diesem Moment, steht Charly, der gerade Getränke hinter der Theke einräumt, auf.

Lisa spricht weiter:
„Oh, doch. Hallo Charly."

Charly, lächelt und geht zu den beiden sexy gekleideten Teenagern. Er umarmt beide und küsst sie jeweils auf den Mund. Annika, würde jetzt am liebsten im Boden versinken. Doch Charly lebt auf:
„Hey, meine beiden Schönheiten. Habt ihr mich vermisst?"

Lisa und Julia antworten im Duett:
„Ja, sehr."

Lilly leidet mit Annika, doch gerade jetzt, kommt ein älterer Gast (Oskar) an die Bar:
„Guten Tag. Darf ich mich setzen, oder ist hier eine private Party?"

Lilly:
„Einen wunderschönen guten Tag der Herr. Bitte nehmen sie Platz. Es gibt keine private Party, auch wenn mein Kollege es gerade so vermittelt."

Lilly zu Charly:
„Charly..., Charly. Wir haben Gäste, also bitte."

Charly lässt sich nicht abhalten, und turtelt mit den Schönheiten einfach weiter. Er hält beide, jeweils in einer Hand und fummelt auch an deren Hinterteilen herum. Dies, und noch das kindische Gelächter erregt bei Oskar ein mulmiges Gefühl:
„Sind sie sicher, Fräulein, dass hier keine private Party herrscht?"

Lilly beruhigt den Gast:
„Nein, wirklich nicht. Bitte, was darf ich ihnen servieren?"

Oskar setzt sich neben Annika und bestellt:
„Ein kühles Bier wäre großartig, Fräulein."

Währenddessen flirten die beiden jungen Frauen mit Charly immer heftiger, bis er sich sich von den beiden Hübschen verleiten lässt und die Poolbar verlässt. Er geht mit ihnen in einem Meetingraum, der gerade leer steht. Als Charly die Tür verschließt, setzen Julia und Lisa alles daran, mit ihren Charly ein wildes Sexabenteuer zu haben. Julia küsst ihn erotisch auf den Mund und Lisa knöpft sein Hemd auf. Charly gefällt es und zieht Julias Minirock über das Hinterteil hoch und streichelt ihren nackten Po. Lisa sieht zu, wie Julia und Charly sich immer heißer küssen. Sie nähert sich den Beiden mit dem Mund und küsst abwechselnd Julia und Charly auf die Lippen.
Charly zieht Julia zu sich heran und küsst sie mit der Zunge. Er öffnet seine Hose. Lisa hilft ihn dabei und zieht seine Hose und auch seine Short aus. Sie greift nach seinem Geschlechtsteil, der sehr erregt ist. Julia schiebt ihren Slip hinunter. Lisa geht auf die Knie und verwöhnt Charly mit dem Mund und streichelt dabei, Julias Genetalbereich.
Es kommt, wie es kommen musste. Der Meetingraum bebte vor Lust und Leidenschaft. Charly wird seinen Ruf gerecht und die beiden hübschen Frauen, kommen zu ihren Befriedigungen.

Nach dem sexuellen Vergnügen nimmt Charly beide Frauen an den Händen und kommt wieder zur Poolbar. Er meldet sich bei Lilly zurück:
„Ich bin wieder da. Sorry, für meine Abwesenheit."

Annika steht auf und möchte gehen. Sie verabschiedet sich von Lilly:
„Sehen wir uns später?"

Lilly:
„Wann immer du möchtest, natürlich."

Oskar sagt zu Annika:
„Ich wollte sie nicht vertreiben. Ich bitte um Vergebung."

Annika:
„Es liegt nicht an ihrer Anwesenheit."

Oskar:
„Junge Dame. Sie sehen traurig aus. Wenn es nicht an meiner Anwesenheit liegt, ist der Grund ihres Aufbruches, etwa der Schönling mit den beiden Gazellen?"

Annika schweigt und sieht traurig zu Charly. Oskar erkennt die Situation:
„Ich verstehe schon. Bitte nehmen sie Platz und machen sie mir die Freude, sie einladen zu dürfen. Bitte, kommen sie."

Annika schaut zu Lilly, die ihr zu zwinkert und lächelt, und reagiert dann:
„Okay, sehr gerne. Aber, ich nehme hier Platz um nicht alles sehen zu müssen."

Oskar:
„Sehr gerne. Bitte, was darf ich ihnen bestellen?"

Annika sagt zu Lilly:
„Ich nehme bitte das Gleiche wie der Herr."

Lilly:
„Gerne, kommt sofort."

Oskar:
„Entschuldigen sie bitte, gnädige Dame, meine Neugierde, aber ist dieser Schönling ihr Freund?"

Annika:
„Ich hoffte es oder wünschte es mir. Gnädige Dame, zu mir zu sagen, passt einfach nicht. Ich heiße Annika."

Oskar:
„Sehr erfreut Fräulein Annika. Ich darf mich auch vorstellen: Brandner, Oskar Brandner. Bitte sagen sie einfach Oskar zu mir."

Annika:
„Danke, Oskar, für die Einladung. Wie komme ich zu dieser Ehre?"

Oskar spricht einfühlsam:
„Ich bin schon älter, aber nicht blind, taub oder dumm. Ich merke, wenn eine Frau, ihr Herz an einem falschen Typen verliert. Ich kenne sie nicht, auch nicht den Schönling, aber, ich sehe und fühle, dass dieser Typ, ganz andere Interessen verfolgt, als ihr Herz. Sie sind eine bezaubernde junge Frau, lassen sie es nicht zu, dass jemand, ihnen weh tut. Sie haben etwas viel besseres verdient. Glauben sie mir."

Annika:
„Wenn das so leicht gehen würde. Die Liebe kann man nicht lenken oder abstellen."

Oskar:
„Aber, stark genug sein, wenn er es nicht wert ist. Ich bin mir ganz sicher, dass sie tief in ihrem Herzen, es wissen. Schauen sie sich die Poolanlage an. Was sehen sie?"

Annika:
„Einen wassergefüllten Pool..., Liegen zum Relaxen..., eine lachende Sonne über der Anlage..., überwiegend nette Menschen...Und, ganz wichtig, eine sehr nette Unterhaltung mit einem liebevollen Gesprächspartner."

Oskar:
„Dankeschön. Das reicht schon. Sie sind nicht abhängig von diesem Typen. Sie erkennen das Schöne im Leben. Leben sie genauso weiter. Zum Wohle, Fräulein Annika."

Daraufhin, kommt Annika ein Lächeln über ihre Lippen. Lilly ist darüber sehr erfreut:
„Schön, dich wieder lächeln zu sehen, meine Süße. Danke, Herr Brandner, für die aufmunterten und lieben Worte für meine Freundin."

Annika hat ihr Lächeln wiedergefunden und genießt die Anwesenheit, ihrer Freundin Lilly und vom älteren netten Herrn Oskar. Ihre Stimmung gerät ins Schwanken, als Charly sich von den beiden jungen Schönheiten verabschiedet. Die beiden Schönheiten gehen einstweilen zum Pool.

Oskar sagt zu Annika:
„Denken sie an etwas Schönes."

Annika tut der Anblick im Herzen weh:
„Ich kann das nicht."

Oskar:
„Oh doch, das können sie. Sehen sie sich um. Was sehen sie?"

Annika:
„Einen Typen, indem ich mich verliebt habe und der sich mit anderen Frauen vergnügt."

Oskar:
„Und was sehen sie sonst noch?"

Annika:
„Den Dolch, der mein Herz trifft, damit es stirbt."

Oskar legt seine Hand auf Annikas Schulter und sagt:
„Ihr Herz stirbt nicht. Es leidet, aber es liebt und lebt."

Annika fragt:
„Was bedeutet das jetzt?"

Oskar:
„Tief in ihrem Herzen, wissen sie, was ich meine. Es liebt eine, für sie verbotene Liebe. Und nein, es ist nicht dieser Charly. Habe ich recht, Fräulein?"

Annika:
„Ich kann ihnen nicht folgen. Ich liebe Charly."

Oskar:
„Sie sind vielleicht verliebt in ihm, aber lieben tun sie einen anderen Charakter."

Annika ist überrascht über Oskars Aussage. Sie dreht sich zu Lilly und blickt ihr tief in die Augen. Lilly erkennt die Situation und geht um die Theke zu Annika. Sie umarmt ihre Freundin und küsst sie voller Leidenschaft auf den Mund. Annika erwidert diesen heißen Kuss und beide verschmelzen mit ihren Lippen und Zungen.
Das sieht auch Charly als er zurück an die Bar kommt und sagt:
„Ups, was geht denn hier ab? Hey, ihr zwei heißen Feger. Braucht ihr noch einen Mann?"

Annika lacht:
„Wozu? Männer stören doch nur."

Oskar:
„Die einzig richtige Antwort. Bravo, Fräulein Annika."

Oskar widmet sich Charly:
„Hey Sonnyboy, wie war die Nachhilfestunde? Haben sie deren Intelligenzquotient erweitert?"

Charly:
„Ich denke schon, der Herr. Es ist meine Aufgabe, alles für das Wohl der Gäste zu tun."

Oskar:
„Mission erfüllt. Gratulation."

Lilly, geht mit einem Lächeln hinter die Bar, als Valentin und Isabella kommen. Charly, begrüßt Isabella mit einem Handkuss:
„Guten Tag, schöne Frau. Was darf ich ihnen Gutes tun?"

Isabella:
„Hallöchen, was für ein Charmeur küsst meine Hand?

Charly:
„Charly, ihr treuer Diener, in allen Angelegenheiten."

Valentin zu Lilly:
„Was ist das für ein Gockel?"

Lilly:
„Das ist mein Kollege. Was darf ich ihnen bringen?"

Valentin:
„Zuerst einmal, nehmen sie den Gockel an die Leine. Er belästigt meine F…, äh, Begleitung."

Lilly wird sauer:
„Charly, hier hinter der Bar ist dein Arbeitsplatz. Komm."

Oskar fragt Valentin:
„Kann es sein, dass wir uns schon einmal gesehen haben?"

Valentin schaut Oskar in die Augen und verneint:
„Nicht, dass ich wüsste."

Oskar bleibt anwesend und grübelt offensichtlich darüber nach, von wo er Valentin kennt. Es lässt ihn keine Ruhe. Er weiß, dass er ihn kennt. Aber, von wo?

Valentin setzt sich mit Isabella an die Bar und bestellt bei Lilly:
„Wir hätten gerne eine Flasche Wein, den sie uns empfehlen."

Lilly:
„Sehr gerne. Kommt sofort."

Oskar fragt nochmals Valentin:
„Ich weiß nicht von wo, aber wir kennen uns."

Valentin:
„Nein, tut mir leid. Ich kenne sie nicht."

Lilly serviert die Flasche Wein, als Annika endgültig gehen möchte.

Annika streckt ihre Hand zu Oskar:
„Vielen lieben Dank, Oskar. Es war sehr schön und es war mir eine Ehre."

Oskar:
„Denken sie immer an meine Worte. Auf ein Wiedersehen, Fräulein Annika."

Annika geht zu Lilly und gibt ihr einen Kuss auf den Mund:
„Pass auf dich auf. Bis später."
Lilly:
„Ciao, bis später."

Charly ruft ihr nach:
„Hey, was ist mit mir, Annika?"

Doch Annika würdigt ihm keinen Blick.

Charly fragt diesbezüglich Lilly:
„Was ist los mit ihr?"

Lilly:
„Was sollte sie haben? Annika ist eine glückliche Frau."

Charly:
„Sie hat sich nicht von mir verabschiedet."

Lilly:
„Warum auch?"

Charly ist verblüfft:
„Ja, warum auch."

Daraufhin, kümmert sich Charly um die Gäste beim Pool, wo auch seine beiden jungen Schönheiten, ihre Zeit vertreiben.

Valentin genießt die Zeit mit Isabella. Mit seiner Hand, streichelt er liebevoll ihr Knie, das er zuvor vom feinen Stoff des Kleides, frei gelegt hatte, indem er es ein wenig über das Knie hochgeschoben hatte.

Oskar grübelt noch immer und spricht Valentin erneut an:
„Sie müssen mich doch kennen. Ich kenne sie ja auch von irgendwo."

Valentin stellt sich taub und streichelt weiterhin Isabellas Knie.
Oskar lässt nicht locker:
„Hey, Mister. Ich störe sie ja nur ungern bei der Knieuntersuchung, aber von wo kennen wir uns?"

Valentin wird schon etwas mürrisch:
„Ich kenne sie nicht. Es tut mir leid."

Oskar:
„Oh doch, wir kennen uns. Sagen sie mir bitte, von wo? Mir fällt es nicht ein."

Valentin:
„Nein. Ich kenne sie nicht und jetzt lassen sie mich bitte in Frieden. Sehen sie nicht, dass ich in charmanter Begleitung bin und nicht gestört werden möchte?"

Genervt nimmt Valentin seine Geliebte an der Hand und wechselt den Sitzplatz von der Bar zu einem Tisch.

Oskar:
„Schon gut, der Herr. Mir wird es schon einfallen, ganz sicher."

Isabella lässt sich die Zweisamkeit mit ihren Geliebten nicht vermissen und führt seine Hand unter ihr Kleidchen. Sie küsst sein Ohr und flüstert:
„Gefällt es dir? Wir könnten einen anderen Ort aufsuchen, wo wir ungestört unsere Fantasie ausleben könnten."

Für Valentin ist Isabella ein Geschenk des Himmels. Er fühlt sich bei ihr als ein ganzer Mann. Im Gegensatz zu seiner Frau Marlene, die niemals seine Hand unter ihren Rock führen würde und schon gar nicht, in der Öffentlichkeit. Valentin, zeigt sich gerne mit Isabella. Er ist sehr stolz auf seine Geliebte, die auf seine Vorlieben eingeht. Er liebt sie über alles und wagt es nicht, sich von seiner Frau Marlene zu trennen.
Isabella geht es aber auch nicht viel besser. Ihr Ehegatte Simon, ist ein labiler und sensibler Mann, den sie eine Trennung nicht antun möchte. Ihre Gelüste und Vorlieben, wird er nie stillen können, aber er scheint ihr treu zu sein, wie ein Hund, der ihr die Sicherheit der Ehe gibt. Das ist für Isabella sehr wichtig. Sie kann auf ihn zählen, in jeder Situation. Mit Valentin erlebt sie ein traumhaftes und erotisches Leben, das sie ebenfalls nie aufgeben würde.

Somit bleiben Valentin und Isabella nichts anderes übrig, als weiterhin heimlich zu treffen und jede Stunde in vollen Zügen genießen.

Das Angebot von Isabella, mit ihm irgendwo ihre Fantasie auszuleben, kann Valentin nicht abschlagen. Er packt sie an der Hand und geht zu Lilly:
„Könnten sie unsere Getränke, für später zurückstellen? Wir müssten noch kurz etwas erledigen."

Lilly:
„Sehr gerne, Herr Schwarz. Ich wünsche ihnen und ihrer Begleitung, viel Spaß."

Oskar:
„Hey Mister. Kennen wir uns dienstlich? Was arbeiten sie?"

Valentin antwortet sauer beim Hinausgehen:
„Ich bin Pathologe und freue mich sehr, nervende Personen auf meinen Tisch begrüßen zu dürfen."

Oskar:
„Die Hormone spielen etwas verrückt bei Mister Unbekannt. Was sagen sie, Fräulein Lilly?"

Lilly:
„Herr Schwarz ist ein sehr netter Gast. Er möchte mit seiner Begleitung die Zweisamkeit genießen."

Oskar:
„Ich hindere ihn ja nicht. Er darf seine Zweisamkeit haben. Was ist mit ihnen, Fräulein Lilly? Haben sie ein Verhältnis mit der hübschen Annika?"

Lilly:
„Annika ist meine beste Freundin."

Oskar:
„Was sagt ihr Mann oder Lebensgefährte dazu, dass sie ihre beste Freundin küssen?"

Lilly:
„Ich darf meine beste Freundin immer küssen, wenn ich es möchte."

Oskar:
„Respekt. Das würde nicht jeder so akzeptieren. Was findet Annika, eigentlich an diesen Charly? Er schleppt doch alle Frauen ab."

Lilly:
„Scheinbar, ist es genau das, was ihm anziehend macht."

Oskar:
„Fühlen sie sich auch angezogen von Charly?"

Lilly:
„Auf eine gewisse Art und Weise, schon. Aber, wir sind nur Kollegen."

Oskar:
„Das, aber, klingt nach einem Bedauern. So, als würden sie es gerne anders haben. Wissen sie: Ich war früher auch so ein Draufgänger wie ihr Kollege. Solange man jung und ausdauernd ist, passt alles. Sehen sie mich heute an. Alleine, ohne Frau. Irgendwann durchschauen die Frauen es, und keine möchte mehr mit dir zusammen sein. Der Preis für ein Casanova-Leben ist sehr hoch. Ob es das wert ist?"

Lilly:
„Es hat anscheinend seinen eigenen Reiz, so zu leben."

Oskar:
„Ja, definitiv. Bis zu einem gewissen Punkt und dann ist

alles vorbei. Darf ich ihnen eine persönliche Frage stellen? Wenn sie ungebunden wären, hätte Charly bei ihnen Erfolg?"

Lilly:
„Wenn er es geschickt anstellen würde, eventuell schon?"

Oskar:
„Obwohl er vor kurzem, gleich mit zwei Hasen, gleichzeitig verschwunden war?"

Lilly lacht:
„Das hat auch seinen Reiz. Warum nicht?"

Oskar:
„Gut. Darf ich weiter kombinieren? Würden sie, mal angenommen, gemeinsam mit Annika und Charly, auf ein Abenteuer einlassen?"

Lilly:
„Jetzt werden sie aber schon sehr neugierig, mein Herr."

Oskar:
„Ich bitte um Vergebung, wenn ich zu sehr in ihre Seele eingetaucht bin. Ich wollte sie nicht beängstigen. Meine Neugier ist beschämend."

Lilly:
„Schon gut, Herr Brandner. Um auf ihre Frage zurück zu kommen. Unter gewissen Umständen würde ich mit Annika und Charly mitgehen. Hierzu muss ich aber sagen: Ich kenne beide persönlich und schon sehr lange."

Oskar:
„Was wären für sie: gewisse Umstände?"

Lilly:
„Gleichbehandlung aller beteiligten Personen."

Oskar überlegt kurz und sagt dann:
„Das heißt: Jeder mit jeden, bzw. jede mit jeder und jedem?"

Lilly amüsiert sich und lacht:
„Ja, so irgendwie. Und, das aller wichtigste: Alle drei, müssen zum Höhepunkt kommen, egal wie die anderen es anstellen und es erreichen. Niemand darf leer ausgehen."

Oskar:
„Dann müssten sie aber bisexuell sein, ansonsten würde es nicht funktionieren."

Lilly:
„Ganz im Vertrauen, Herr Brandner: Einen Hauch von lesbischem Verlangen, schlummert in jeder Frau."

Oskar:
„Bei uns Männern ist das nicht so."

Lilly:
„Ich weiß. Frauen ticken einfach anders."

Oskar:
„Egal wie Frauen ticken, wir Männer lieben euch. Und darauf, trinken wir ein Gläschen zusammen, einverstanden?"

Lilly:
„Sehr gerne. Was darf ich servieren?"

Oskar:
„Ihre Wahl, Fräulein Lilly."

Lilly schenkt zwei Gläser mit Rotwein ein.
Sie stellt ein Glas zu Oskar und das andere Glas hält sie in der Hand. Sie sagt:

„Auf das Leben, Herr Brandner."

Oskar:
„Auf diesen Moment des Lebens, Fräulein Lilly."

Lilly:
„Und jetzt zu ihnen, Herr Brandner: Nachdem sie über mein Liebesleben schon einiges erfragt haben, möchte ich nun, etwas von ihnen erfahren. Was machen sie beruflich?"

Oskar:
„Wie sie aus meinen neugierigen Fragen entnehmen konnten, interessiere ich mich sehr für das Leben und die Menschen. Ich beobachte und erfrage viel. Ich bin Texter, und schreibe Bücher, Film-Drehbücher und Liedtexte. Durch meine Neugier, komme ich zu meinen Texten."

Lilly:
„Oh. Erscheint mein mögliches Liebesleben, nun auch in einer ihrer Texte?"

Oskar:
„Bestimmt. Es gibt hierfür, genügend Ansatz. Es ist sehr spannend, wie weit sich Menschen von Gefühlen und Reizen, leiten lassen. Sie sind das beste Beispiel. Unter gewisse Umständen, würden sie bei einem Dreier-Sex-Abenteuer mit machen, ohne dass es billig oder unwürdig wirkt. Das ist das wahre Leben. Ein anderes Beispiel: Ihre Freundin Annika. Sie hat sich in einem Frauen-Verführer verliebt, aber ihr Herz schlägt für eine andere Person, die sie im Herzen trägt und nicht wahrhaben möchte."

Lilly:
„Wie kommen sie zu dieser Ansicht? Ich müsste es ja wissen, als beste Freundin."

Oskar:
„Vielleicht genau deswegen? Sie verheimlicht eine Liebe, die sie tief im Herzen spürt. Nach meiner Einschätzung nach, mimt sie die unglücklich verliebte Frau zu einem Casanova um die wahre Liebe zu verdrängen, die sie nicht haben darf oder nicht zulassen kann. Jetzt, entschuldigen sie mich bitte kurz, ich muss kurz auf die Toilette."

Lilly ist sehr erstaunt über das was Oskar sagt. Gerne würde sie noch mehr erfahren, aber Valentin und Isabella kommen an die Bar. Lilly serviert ihre zurück gestellten Getränke zu einem Tisch und sagt mit einem Lächeln:
„Bitte sehr."

Valentin:
„Das ist sehr lieb von ihnen, Fräulein Lilly."

Isabella strahlt förmlich über das ganze Gesicht. Wie gut ihr Valentin tut, sieht man ihr sofort an. Er kann seine Hände nicht bei sich lassen. Isabella, zieht seine Hände wie Magnete an. Sie sind beide sehr glücklich und zufrieden.
Lilly, erkennt Marlene beim Pool, die gerade die Absicht hat, zur Poolbar zu kommen. Das ist jetzt gerade sehr unpassend, denn Marlenes Mann, sitzt mit einer anderen Frau im Barbereich. Sie möchte verhindern, dass Valentin auffliegt und geht zu Valentin, der mit seiner Geliebten Isabella, knutscht:
„Herr Schwarz, ich bitte um Verzeihung aber könnten sie mir bitte kurz hinter der Bar behilflich sein? Ich bräuchte einen starken Mann."

Valentin schaut etwas fraglich aber antwortet:
„Ja, gerne. Du entschuldigst mich kurz, meine liebe Isabella?"

Isabella:
„Ja, natürlich."

Valentin geht mit Lilly hinter die Bar. Sie zeigt ihm die Spülmaschine, kniet sich nieder und bittet Valentin:
„Bücken sie sich, bitte zu mir. Ihre Frau Marlene kommt zur Bar."

Valentin:
„Oh Gott. Sie darf es nicht erfahren, dass ich mit Isabella hier bin."

Oskar Brandner kommt zurück und ruft hinter die Bar:
„Hallo, Herr..., Hallo Mister..., ich kenne sie tatsächlich von irgendwo."

Lilly:
„Bitte nicht jetzt, Herr Brandner."

Oskar beugt sich über die Theke:
„Ich kenne diesen Herrn. Hallo? Was tun sie da?"

Lilly steht auf und drückt mit einer Hand, Valentin zu Boden:
„Herr Brandner, dieser Herr, hilft mir bei den Leitungen der Spülmaschine."

Oskar:
„Ach, gibt es technische Probleme? Was für ein Gebrechen haben sie bei der Spülmaschine?"

Lilly lügt etwas verlegen:
„Ja, das versucht gerade der Herr, herauszufinden."

Nun steht auch Marlene bei der Bar:
„Hallo Fräulein Lilly. Wissen sie, wo mein Mann ist?"

Lilly:
„Nein, leider nicht. Aber, darf ich ihm etwas ausrichten, wenn ich ihn sehe?"

Oskar bleibt hartnäckig, er steht auf und geht hinter die Theke:
„Jetzt lassen sie mich doch das Problem mal Begutachten. Hey, Mister Unbekannt, rutschen sie mal zur Seite. Wir kennen uns, jetzt mal ganz ehrlich."

Valentin:
„Pssst."

Lilly fragt Marlene:
„Was soll ich ihren Mann ausrichten, Frau Schwarz?"

Marlene:
„Nein nichts. Ich warte einfach hier auf ihn."

Oskar zu Valentin:
„Jetzt rutschen sie doch mal zur Seite, damit ich da hinsehe."

Valentin flüstert:
„Jetzt lassen sie mich doch in Frieden und verschwinden sie einfach."

Marlene:
„Gibt es Diskussionen hinter der Bar?"

Lilly:
„Ja, sorry, aber wir haben gerade Handwerker unter der Theke, die sich nicht einigen können. Was darf ich ihnen servieren? Oder, möchten sie lieber zum Pool gehen, solange die Handwerker noch arbeiten?"

Marlene:
„Nein, das stört mich nicht. Geben sie mir doch bitte ein Glas Wasser."

Lilly:
„Sehr gerne, Frau Schwarz."

Lilly bückt sich zu den beiden Herren und flüstert:
„Herr Brandner, bitte lassen sie diesen Herren, seine Arbeit verrichten. Er weiß, was er tut."

Oskar:
„Weiß er das wirklich, was er tut? Scheint eher nicht so zu sein."

Lilly flüstert:
„Herr Brandner, ich verstecke diesen Mann vor seiner Frau."

Oskar springt auf und spricht:
„Vor welcher Frau?"

Lilly zieht ihn an der Hose, aber Oskar bleibt neugierig stehen. Er sieht sich um und spricht Marlene direkt an:
„Guten Tag die Dame. Sie suchen oder warten auf ihren Mann?"

Lilly steht ebenfalls auf:
„Herr Brandner, diese Seite der Bar ist nur für die Angestellten. Darf ich sie bitten, auf die Gästeseite zu gehen? Dankeschön."

Doch Oskar bleibt stehen und beginnt ein Gespräch mit Marlene:
„Ihr Mann lässt so eine attraktive Frau einfach warten? Darf ich mich vorstellen: Brandner. Oskar Brandner."

Marlene:
„Angenehm. Schwarz. Marlene Schwarz."

Oskar:
„Marlene Schwarz? Sie heißen Schwarz? Sie fahren einen roten Porsche und ihr Mann heißt zufälligerweise Valentin Schwarz?"

Marlene:
„Ja."

Oskar:
„Ha, ich wusste es."

Marlene:
„Von wo kennen sie mich und meinen Mann?"

Oskar:
„Das ist eine lange Geschichte, Frau Schwarz."

Oskar streichelt über Valentins Kopf, der noch immer unter der Theke gebückt hockt. Er spricht etwas lauter:
„Ja, ja, der Valentin."

Daraufhin wird Isabella hellhörig, die auf dem kleinen runden Tisch neben der Bar sitzt.
Sie ruft zu Lilly:
„Fräulein Lilly. Wie lange benötigen sie noch meinen Mann?"

Lilly kommt immer mehr in Bedrängnis:
„Es wird noch einige Zeit dauern. Er holt noch etwas für die Behebung des Problems. Möchten sie einstweilen beim Pool auf ihn warten?"

Isabella:
„Nein, ich warte hier. Danke."

Marlene fragt Oskar nochmals:
„Woher kennen sie uns?"

Oskar:
„Eigentlich kenne ich nur Valentin, aber das ist jetzt nicht so wichtig."

Endlich kommt auch Charly wieder zurück zur Bar. Lilly fängt ihn ab:
„Charly. Bitte unternimm etwas, damit die Frau Isabella, die du mit einem Handkuss begrüßt hast, zum Pool geht. Frag nicht warum, tu einfach was."

Charly geht zu Isabella:
„Attraktive Frauen lässt man aber nicht alleine zurück. Wo ist ihr Begleiter?"

Isabella:
„Er wurde gebraucht aber er kommt sicher gleich wieder."

Charly:
„Bis dahin, darf ich sie auf einen Cocktail am Pool einladen?"

Isabella:
„Sie Charmeur, sehr gerne. Danke."

Charly reicht Isabella die Hand und geht Richtung Pool. Nun hat Lilly freie Bahn für Valentin.
Lilly gibt Valentin Anweisungen:
„Sie müssen bis zum Barbereichs-Eingang gebügrt gehen, so dass ihre Frau sie nicht sieht und kommen dann wieder normal zur Bar."

Während Valentin fast am Boden kriecht, kommt Simon, der Mann von Isabella, zur Poolbar. Er sieht sich um und fragt Lilly:
„Haben sie eventuell meine Frau gesehen?"

Lilly:
„Ja, sie ist beim Pool. Einfach hier durch, bitte."

Simon:
„Dankeschön, Fräulein."

Valentin ist bereits aufgestanden und kommt zur Bar. Er umarmt seine Frau von hinten und begrüßt sie:
„Hast du mich vermisst?"

Marlene dreht sich um:
„Natürlich. Da bist du ja endlich. Darf ich dir Herrn Oskar Brandner vorstellen? Kennst du ihn?"

Valentin:
„Nein, das sagte ich ihm bereits mehrmals. Sorry, aber ich kenne sie nicht."

Oskar lacht:
„Ja, ja, der Valentin, der Valentin, Vaaallleeentttiiinnnaaa."

Valentin blockt ab und hält Ausschau nach seiner Geliebten und ist froh, sie hier nicht zu sehen.

Marlene fragt Oskar und Valentin:
„Von wo kennt ihr euch?"

Valentin:
„Keine Ahnung."

Oskar:
„Na, na, na…"

Es scheint nicht Valentins Stunde zu sein. Nicht genug, dass Oskar ihn nervt, kommen auch Simon und Isabella zur Bar, da sich Simon gerne gemütlich mit seiner Frau, setzen möchte und es beim Pool, keine Möglichkeit gibt.
Lilly begrüßt die Gäste:
„Hallo zusammen."

Valentin steht wie gelähmt bei seiner Frau Marlene und starrt ins Leere. Isabella ist auch überrascht, ihren Geliebten zu sehen. Um nicht aufzufliegen, nimmt sie mit ihren Simon, neben dem Ehepaar Schwarz, Platz.

Oskar stellt fest:
„Das ist eine verdrehte Welt. Das ist doch die Frau, die zuvor..."

Lilly unterbricht Oskar und spricht weiter:
„Mein Make-up korrigiert hat. Stimmt, Herr Brandner."

Isabella ergreift die Initiative um nicht, in eine noch unangenehmere Situation zu kommen. Sie spricht das Ehepaar einfach an:
„Guten Tag. Sie sind auch Gäste in dieser Anlage?"

Marlene:
„Guten Tag. Ja das sind wir. Ich bin Marlene Schwarz und das ist mein Mann Valentin."

Isabella:
„Sehr erfreut Familie Schwarz. Ich heiße Isabella und mein Mann heißt Simon Weiss."

Lilly lächelt und spricht mit sich selbst:
„Schwarz und Weiss, ich glaube es nicht."

Marlene fragt Isabella:
„Waren sie schon öfters in dieser Anlage?"

Isabella:
„Nein. Wir sind zum ersten Mal hier. Einer meiner Geschäftspartner, hat mir diese Anlage empfohlen."

Lilly lauscht den Gesprächen und poliert die Gläser.

Marlene fragt Isabella:
„Was machen sie beruflich?"

Isabella:
„Ich bin Geschäftsführerin einer internationalen Agentur. Mein Mann ist Controller."

Valentin spottet leise:
„Controller. Ob er alles kontrolliert?"

Marlene:
„Mein Mann ist auch Geschäftsführer, aber in meinem Unternehmen. Ich bin die Eigentümerin einer sehr erfolgreichen Firma. Welche Beauty-Angebote haben sie bereits genützt? Haben sie eine Empfehlung für mich?"

Isabella:
„Nehmen sie das volle Paket. Hier wird so viel geboten, es wäre schade, nur ein Angebot auszulassen."

Marlene:
„Klingt gut. Das habe ich auch vor. Ich habe mich terminlich sehr von Fräulein Tamara verplanen lassen. Zum Bedauern meines Mannes, aber es war ja auch sein Geschenk für mich, somit nutze ich diese tollen Angebote."

Obwohl Isabella, schon seit einigen Jahren mit Valentin eine heimliche Affäre hat, sieht sie nun, ihre Nebenbuhlerin zum ersten Mal. Erstaunlicherweise, findet sie die Ehegattin von ihrem Geliebten, sehr attraktiv und vor allem sehr sympathisch. Trotz ihrer Liebe zu Valentin, verspürt sie ein schlechtes Gewissen. Sie stellt sich die Frage: Darf ich das? Ist es richtig oder egoistisch?
Sie sieht ihren Mann Simon genauer an und dann ihren Geliebten Valentin. Tief in ihrem Herzen weiß sie, Valentin ist ihr sehr wichtig. Simon ist das Gewohnte und das Vernünftige. Ihr Entschluss steht fest: Sie braucht beide und das heimliche Liebesleben, geht weiter.

Tamara kommt zu Marlene:
„Frau Schwarz? Darf ist sie zu einem weiteren Verwöhnprogramm abholen?"

Marlene:
„Ja, das dürfen sie."

Jetzt steht Valentin mit seiner heimlichen Geliebten, deren Ehemann Simon und dem nervenden Oskar, zusammen an der Bar. Lilly beobachtet gespannt, wie sich die beteiligten Personen verhalten.

Oskar:
„Eine spannende Situation bangt sich an, was sagen sie, Fräulein Lilly?"

Lilly lächelt und schweigt. Valentin klopft mit seinen Fingern auf der Bar-Theke herum. Er überlegt, wie er den Ehemann seiner Geliebten loswerden könnte.

Oskar:
„Es liegt eine innere Unruhe in der Luft. Ob sich alles zum Guten wenden wird, Herr Valentina?"

Valentin reagiert wütend:
„Was soll diese Anspielung? Ich kenne sie nicht, verdammt noch einmal."

Charly kommt zurück zur Bar und wundert sich über den lauteren Ton der Gäste:
„Gibt es Probleme, meine Herren?"

Lilly beruhigt ihren Kollegen:
„Nein, es ist soweit alles in Ordnung, Charly."

Oskar:
„Tja, der Herr Valentin, steht offensichtlich etwas unter Strom. Warum sind sie so nervös? Wissen sie, die Vergangenheit kann man verdrängen aber irgendwann holt sie, sie wieder ein. Flüchten hilft da nichts, Valentina."

Valentin:
„Sie gehen mir schon sehr auf die Nerven. Warum sagen sie, Valentina, zu mir? Sehe ich aus wie eine Frau?"

Oskar:
„Wir beide kennen die Antwort."

Simon unterbricht das angespannte Gespräch zwischen Valentin und Oskar. Er sagt zu seiner Isabella:
„Komm, lass uns gehen. Wir wollten doch noch meine Kräuter suchen gehen."

Isabella:
„Ich werde mich im Zimmer ein wenig ausruhen. Währenddessen kannst du deine Kräuter sammeln."

Simon:
„Also gut, dann gehe ich. Liebling."

Simon küsst seine Frau auf die Stirn und verlässt die Poolbar. Valentin ist erfreut:
„Was machen wir beide jetzt?"

Isabella:
„Du kommst auf mein Zimmer. Was wünscht sich dein Häschen sonst?"

Beim Gehen, winkt Valentin, mit einem Lächeln Lilly zu. Lilly, ist froh, dass es zu keiner Szene, zwischen den Ehepaaren gekommen ist:
„Das ist noch einmal gut gegangen."

Charly:
„Die sind verrückt. Sie schickt den Ehemann, Kräuter pflücken damit sie mit ihrem Liebhaber, freie Zeit hat."

Lilly lacht:
„Tja, sie braucht ihren Schönheitsschlaf."

Charly:
„Eher ein Schäferstündchen zur Lustbefriedigung."

Lilly:
„Wo sind deine Gespielinnen?"

Charly:
„Was für Gespielinnen? Das sind zwei Superhasen, die sich sicher noch im Pool aufhalten."

Lilly:
„Wie lange dürfen sie noch außer Haus bleiben? Machst du dich hierbei nicht strafbar?"

Charly:
„So ein Blödsinn. Sie sind erwachsene Frauen. Das sieht man doch. Ihre Körper sind voll ausgeprägt."

Lilly:
„Ja, ja. Meine Oberweite kam auch mit 14 Jahren und mit 16 Jahren, glaubte ich, sie platzen demnächst. An einer ausgeprägten Oberweite, wie du es nennst, lässt sich kein Alter feststellen, mein Lieber."

Charly:
„Sie sind noch jung und ungebraucht. Sie wollen Spaß. Was ist daran verkehrt?"

Lilly:
„Du bist echt ein Gockel. Was erwartest du von den jungen Küken? Gibst du dich damit zufrieden, dass sie dich anhimmeln?"

Charly:
„Sie sind unkomplizierter als erfahrene Frauen."

Lilly:
„Ja, eine erfahrene Frau hat ihre Ansprüche, die für dich wohl zu hoch sind. Ich sage nur: Annika."

Charly:
„So ein Quatsch. Was ist mit Annika?"

Lilly:
„Ja, was ist mit Annika?"

Charly:
„Sie ist deine Freundin. Was soll ich da sagen? Ich beneide dich für Annika. Eine tolle Frau. Respekt."

Lilly:
„Gefällt sie dir?"

Charly:
„Klar. Annika ist eine Traumfrau, aber vergeben und unerreichbar für mich."

Lilly:
„Wieso, glaubst du das?"

Charly:
„Meine liebe Lilly, ich weiß doch, dass ihr zusammen die letzte Nacht verbracht habt. Du bist mit Annika liiert und ich freue mich für euch."

Lilly:
„Moment einmal. Wie willst du das wissen? Denkst du, ich bin lesbisch?"

Charly:
„Ja, beziehungsweise bisexuell veranlagt. Du brauchst mir nichts vorspielen. Ich kenne dich mittlerweile schon lange genug. Ich habe dich mit Männern flirten gesehen aber niemals, dass du mit einem Mann eine Beziehung hattest. Es ist doch gut so. Du brauchst dich dafür nicht zu schämen. Mit Annika, hast du einen goldenen Fang gemacht. Ihr passt echt super zusammen."

Lilly:
„Ich stehe, genauso wie Annika auf Männer. Zwischen uns läuft eine, ab und zu, sexuelle Beziehung mit einer großartigen und einmaligen Freundschaft."

Charly:
„Das heißt, ich hätte eine Chance bei Annika?"

Lilly:
„Vielleicht? Aber, du spielst ja lieber mit Küken. Und, für eine Nacht, ist Annika nicht zu haben, schreib dir das hinter die Ohren."

Charly:
„Aha, für ab und zu, bist du zuständig. Das müsste ihr Freund akzeptieren, oder?"

Lilly:
„Wir sind beste Freundinnen, das ist doch etwas ganz anderes."

Charly:
„Das war jetzt klar. Die Frauenlogik ist für mich zu hoch."

Lilly:
„So habe ich es nicht gemeint. Wie bereits gesagt, Annika hat keinen Freund. Was du jetzt mit dieser Information machst, ist deine Sache."

Oskar unterbricht die Unterhaltung:
„So unrecht hatte ich also gar nicht, auf Bezug ihrer sexuellen Neigung, oder Fräulein Lilly?"

Lilly:
„Ich sagte auch nie, dass ich keine lesbischen Gefühle haben kann, obwohl ich auf Männer stehe."

Charly:
„Das sagte ich doch: Du bist bisexuell, meine Liebe."

Oskar:
„Der Gockel hat es verstanden und ist trotzdem blind."

Lilly:
„Herr Brandner. Sie haben recht. Unser Charly, kapiert so einiges nicht. Darf es noch ein kühles Bier sein?"

Oskar:
„Sehr gerne. Dankeschön. Und, der Schönling ist nicht anderwärtig beschäftigt?"

Charly schmunzelt:
„Nein, immerhin muss ich arbeiten. Und, meine Kollegin, hat mir diesbezüglich den Kopf gewaschen."

Oskar:
„Eine kluge Kollegin."

Lilly serviert das Getränk und fragt neugierig:
„Sind sie ohne Begleitung als Gast eingecheckt?"

Oskar:
„Ja, das bin ich. Ich lebe alleine und genieße meine Zeit."

Lilly:
„Ist es nicht einsam, ganz alleine?"

Oskar:
„Wen man weiß und erkennt, wie schön das Leben sein kann, dann ist man nicht einsam. So wie jetzt. Ich bin alleine aber in freundlicher Gesellschaft. Alleine, aber nicht einsam."

Lilly:
„Eine schöne Lebenseinstellung."

Oskar:
„Wie geht es ihrer hübschen Hälfte?"

Lilly:
„Meinen sie, Annika?"

Oskar:
„Natürlich, meine ich ihre Lebensgefährtin."

Charly:
„Ja, ja, das wissen alle, aber nicht Lilly."

Lilly:
„Sie ist nicht meine Lebensgefährtin, sondern meine beste Freundin."

Oskar:
„Ich küsste meinen besten Freund, nie leidenschaftlich."

Lilly:
„Das kann ein Mann nicht verstehen. Das ist reine Frauensache."

Oskar hebt sein Glas und sagt zu Charly:
„Ein Hoch auf die Frauen, die wir nie verstehen werden."

Charly lacht und umarmt seine Kollegin:
„Viele unverständliche Geheimnisse, aber wir lieben dich, Lilly."

In diesem Moment kommt Valentin an die Bar.
„Fräulein Lilly, vielen Dank, für ihre Loyalität. Sie haben meinen Kopf gerettet. Wie darf ich mich erkenntlich zeigen?"

Lilly:
„Schon gut, Herr Schwarz. Was darf es sein? Ein

Gläschen oder ein Fläschchen? Alleine oder mit Begleitung?"

Valentin:
„Ein schnelles Gläschen während dem Päuschen, wenn sie verstehen was ich meine?"

Lilly lächelt und serviert ein Glas Wein. Oskar lässt seinen Gedanken, freien Lauf:
„Ein stressiger Urlaub, nicht wahr?"

Valentin:
„Ist nur eine Koordinationssache."

Oskar:
„Wenn sie sich dabei nicht verplanen, Mister."

Valentin:
„Sagen sie mal: wer sind sie eigentlich? Sie gehen mir permanent auf die Nerven. Von wo kennen sie mich?"

Oskar:
„Ich sage nur Valentina. Klingelts bei ihnen?"

Valentin:
„Woher kenn sie Valentina? Und was hat das mit mir zu tun?"

Oskar:
„Schon alleine ihre Frage: Von wo ich Valentina kenne, bestätigt meine Aussage."

Isabella kommt zur Bar und geht direkt auf Valentin zu:
„Simon, ist zurück. Er ist gerade im Zimmer."

Valentin:
„Jetzt schon? Wachsen zu wenig Kräuter in dieser Region?"

Isabella:
„Er hat einen großen Sack voll. Er möchte sich jetzt frisch machen und umziehen. Was machen wir jetzt?"

Oskar:
„Ich bitte um Verzeihung, ihr Gespräch war nicht zu überhören. Hier ist der Schlüssel für mein Zimmer. Ich gedenke noch an der Bar zu bleiben."

Isabella schaut fragend Valentin an. Sie überlegen kurze Zeit, dann schnappt sich Valentin den Schlüssel:
„Danke Oskar. Sie haben etwas gut bei mir."

Valentin und Isabella nehmen das Angebot an und gehen. Lilly ist erstaunt:
„So hilfsbereit?"

Oskar:
„Das Zimmer steht leer, mein Gott."

Charly:
„Er betrügt seine Frau. Wie kann man das nur unterstützen?"

Oskar:
„Das sagt der Schönling, der alles anbaggert was sich bewegt. Bravo."

Charly:
„Ich bin nicht verheiratet und wenn es die Frauen glücklich macht? Warum nicht?"

Oskar:
„Sie sind wohl ein Liebes-Sex-Samariter. Wie gnädig. Aber gut, verraten sie mir, was sie über die beiden Gazellen wissen, abgesehen von ihren Vornamen."

Charly:
„ich kenne ihre Vorlieben, das genügt."

Oskar:
„Ihre eigenen Vorlieben, die sie als Macho, den beiden Mädchen aufzwängen, damit sie als Sexsymbol, ihren Spaß haben."

Charly:
„Was ist daran nicht in Ordnung? Sie haben auch ihren Spaß dabei. Weniger über die Sex-Beziehungen zu wissen, erhöht die Lust."

Lilly schreitet ein:
„Jedem das Seine. Was sagen meine beiden Herren dazu?"

Oskar und Charly schauen sich verärgert an aber schweigen.

Lilly:
„Gut, dann wäre das auch geklärt."

Marlene kommt zur Poolbar und sucht ihren Mann:
„Fräulein Lilly? Ist mein Mann nicht da?"

Lilly:
„Nein, sorry. Vielleicht ist er auf die Toilette gegangen."

Oskar:
„Setzen sie sich zu mir, bis ihr Mann wiederkommt."

Marlene:
„Sehr gerne, wenn ich sie nicht störe."

Oskar:
„Bei was denn? Es wäre mir eine große Freude, Madame."

Lilly flüstert Charly in sein Ohr:
„Geh bitte zum Zimmer, und hole Herrn Schwarz."

Charly:
„Sicher nicht. Besser ich begleite seine Frau zum Zimmer, damit sie…"

Lilly:
„Pssst. Mach es bitte für mich, ohne Wenn und Aber."

Charly erfüllt den Wunsch seiner Kollegin und geht. Lilly widmet sich den Gästen:
„Frau Schwarz, was darf ich ihnen servieren?"

Oskar:
„Frau Schwarz und ich, werden uns eine Flasche Wein gönnen. Nicht wahr?"

Marlene:
„Ja, warum nicht. Sehr gerne."

Lilly serviert das Bestellte und hofft auf einen guten Ausgang.

Oskar fragt Marlene:
„Wie lange sind sie mit ihrem Mann schon verheiratet?"

Marlene:
„Eine gefühlte Ewigkeit. Wo ist ihre Frau?"

Oskar:
„Ich lebe alleine."

Marlene:
„Wie schade. Sie sagten, sie kennen meinen Mann Valentin?"

Oskar:
„Ja, aber das ist eine lange Geschichte und sehr kompliziert."

Simon betritt die Poolbar. Marlene begrüßt ihn:
„Hallo Herr Weiss. Suchen sie ihre Frau?"

Simon:
„Ja, sie sagte, sie sei bei der Poolbar. Wohl doch nicht."

Marlene:
„Ich warte auch auf meinen Mann. Setzen sie sich zu uns. Darf ich vorstellen: Das ist Herr Brandner. Er leistet mir einstweilen Gesellschaft."

Oskar:
„Angenehm Herr Weiss, Bitte setzen sie sich."

Simon:
„Ich möchte nicht stören…"

Marlene:
„Aber, aber. Setzen sie sich zu uns. Fräulein Lilly? Dürfen wir bitte noch ein Glas für Herrn Weiss haben?"

Lilly:
„Sehr gerne. Bitteschön."

Charly kommt angerannt zu Lilly und flüstert ihr ins Ohr:
„Ich hatte mehrmals geklopft, aber sie öffnen mir nicht die Tür."

Lilly:
„Ist doch logisch. Sie sind im Geheimen im Zimmer. Du musst es ihnen verständlich machen, dass es eilt."

Charly:
„Ich probierte es mit Zimmerservice, dann mit: Lilly sucht

sie dringend. Aber sie reagieren nicht."

Lilly:
„Versuch es bitte weiterhin, ich bitte dich."

Charly kommt der Bitte nach und versucht es nochmals. Beim Hinauslaufen, stößt er mit Annika zusammen:
„Oh, sorry."

Annika:
„Warum so stürmisch?"

Charly:
„Komm mit, ich erkläre es dir unterwegs. Ich kann eine Unterstützung gebrauchen."

Charly und Annika gehen gemeinsam zum Zimmer.

Simon sitzt eingeschüchtert bei Oskar und Marlene. Oskar beginnt ein Gespräch:
„Herr Weiss. Nehmen sie auch die Angebote in der Anlage an?"

Simon:
„Nein. Ich bin nicht so für das Beauty-Ding."

Oskar:
„Aber, ihre Frau schon, oder?"

Simon:
„Ja, sie verfällt durch die vielen Angebote, in Stress."

Oskar:
„Wie vertreiben sie sich die Zeit, wenn ihre Frau anderwärtig beschäftigt ist?"

Simon:
„Ich genieße die Natur und die Ruhe. Ich gönne meiner

Frau, die ganzen Kuren, Massagen und Peelings. Sie fühlt sich wohl dabei und ich genieße meine Zeit."

Oskar:
„In wie weit geht ihre Gönnergunst bei ihrer Frau?"

Lilly schreitet ein:
„Was darf ich meinen lieben Gästen noch anbieten? Einen Snack vielleicht?"

Marlene:
„Das ist lieb von ihnen, Fräulein Lilly. Ich möchte nichts. Was ist mit den Herren?"

Simon:
„Nein, danke."

Oskar:
„Wie wäre es mit einer Gönnerstunde?"

Lilly:
„Sehr gerne, Herr Brandner. Ich gönne ihnen alles, was ich im Sortiment habe. Kuchen, Baguettes oder vielleicht ein…"

Oskar:
„Nichts von dem, was sie mir anbieten, Fräulein Lilly. Herr Weiss, was ist mit ihnen? Haben sie einen Wunsch?"

Simon:
„Wie ich bereits gesagt hebe, nein. Danke."

Oskar:
„Herr Weiss, damit ich mir ein Bild von ihnen machen kann, erlauben sie mir noch eine Frage. Sie sind ein Gönner, der auch gerne teilt?"

Simon:

„Ja, auch. Das ganze Leben besteht aus Geben und Nehmen. Mit meiner Frau, teile ich mein Leben, ja."

Oskar:
„Okay. Also ein Gönner und einer der gerne teilt. Wie weit, geht ihre Teil-Bereitschaft?"

Lilly befürchtet, dass die Fragerei nicht gut enden wird, und lenkt ein:
„Wie wäre es mit Salzgebäck zum Wein, Herr Brandner?"

Marlene ergreift das Wort:
„Das nehmen wir sehr gerne an, Fräulein Lilly. Ich bewundere sie, Herr Weiss. Ihre Frau kann sich sehr glücklich schätzen. Es gibt nicht viele Männer, die ihre Frauen, so schätzten und respektieren."

Oskar:
„Teilen und veräppelt, nicht vergessen."

Charly und Annika haben bei Valentin Erfolg. Er öffnet die Tür und Charly sagt:
„Herr Schwarz, ihre Frau ist bei der Poolbar und sucht sie. Beeilen sie sich."

Valentin:
„Oje, schade. Isabella, zieh dich bitte an. Ich muss zur Poolbar, da Marlene mich sucht."

Charly und Annika gehen in das Zimmer. Isabella liegt nackt und verschreckt unter der Decke. Annika beruhigt sie:
„Es tut uns schrecklich leid, aber die Gegebenheiten haben sich verändert. Frau Schwarz ist früher zurückgekommen."

Isabella:
„Ich muss mich noch anziehen."

Annika reicht ihr lächelnd das Kleid, damit sie rasch hineinschlüpfen kann.

Valentin:
„Du darfst aber noch nicht zur Bar kommen, Isabella. Warte noch etwa 10 Minuten, damit es nicht auffällt."

Valentin zieht sich im Eiltempo an und läuft aus dem Zimmer. Isabella zieht sich noch fertig an und Annika schmeichelt ihr:
„Sie sind eine wunderschöne Frau, wenn ich das so frei sagen darf."

Isabella:
„Dankeschön. Das ist aber lieb von ihnen."

Annika:
„Warum tun sie sich den heimlichen Stress eigentlich an?"

Isabella:
„Das, was ich dafür bekomme, ist mit Stress nicht aufzuwiegen."

Charly:
„Da haben sie aber einen guten Liebhaber gefunden."

Isabella:
„Ja, den habe ich und bereue keine Sekunde."

Annika:
„Ahnt ihr Mann nichts davon? Viele behaupten doch, dass sie es spüren würden, wenn der Partner fremd geht."

Isabella:
„Das mag schon sein, aber Simon, ist ahnungslos und es wäre schön, wenn es so bleiben würde."

Charly:
„Wir sagen nichts, versprochen."

Isabella:
„Dankeschön. Ich werde noch kurz in mein Zimmer gehen. Wir sehen uns sicher noch an der Poolbar."

Zum Glück kommt Valentin endlich. Lilly ist erfreut:
„Herr Schwarz, ihre Frau wartet schon sehnsüchtig auf sie."

Zur selben Zeit, nimmt Charly Annikas Hand und geht nochmals mit ihr in das leere Zimmer von Oskar.

Annika:
„Was hast du vor? Wir müssen wieder zu Lilly."

Charly:
„Ein wenig Zeit nehmen wir uns. Das sei uns vergönnt."

Annika:
„Langsam, Charly. Ich bin keine Frau für eine Nacht."

Charly:
„Bin ich nicht dein Typ? Gefalle ich dir nicht?"

Annika:
„Ja, schon. Aber, nicht für eine schnelle Nummer und dann, Tschüss."

Charly:
„Das hätte ich auch niemals mit dir gemacht, Annika. Schon deswegen, dass du die beste Freundin, oder besser gesagt: die Lebensgefährtin von Lilly bist und des

Weiteren, bist du für einen „One-Night-Stand" viel zu schade."

Annika:
„Du überraschst mich. Diese Worte hätte ich jetzt nicht von dir erwartet. Eines muss ich noch korrigieren: ich bin nicht die Lebensgefährtin von Lilly, sondern die beste Freundin."

Charly:
„Du hast doch ein Verhältnis mit Lilly."

Annika:
„Ja, aber nur sporadisch. Wir haben keine Beziehung."

Charly:
„Aha, sporadisch. Das heißt: ihr beide seid bisexuell?"

Annika:
„Wenn du es so sagen möchtest, dann ja. Jedoch, würde ich niemals mit einer anderen Frau sexuell verkehren, außer mit Lilly. Somit, stehe ich genauso wie Lilly, auf Männer."

Charly:
„Und auf welche Typen, steht ihr beide?"

Annika:
„Lilly und ich, haben eigentlich denselben Geschmack, bezüglich Männer wohlgemerkt. Ja, er sollte schon so sein, wie du. Aber, ohne das Macho-Gehabe. Dein Frauenverschleiß ist schon sehr bedenklich."

Charly:
„Da täuscht du dich, Annika. Es kam bisher nie die richtige Frau, mit der ich mein Leben teilen wollte."

Annika:
„Oh, jetzt sind die Frauen schuld, an deinem Verschleiß?"

Charly:
„Indirekt ja. Sobald die richtige Frau vor mir steht, ändert sich mein Leben schlagartig."

Annika:
„Wow, jetzt bin ich paff. Ist dir noch keine Frau begegnet, mit der du dir mehr vorstellen könntest als nur, ins Bett zu hüpfen."

Charly:
„Doch, aber an diese eine Frau kam ich nie heran."

Annika:
„Wie oder wer sollte diese Frau sein?"

Charly:
„Naja, so wie du."

Annika:
„Wir kennen uns schon einige Jahre und du hast dich trotzdem durch alle möglichen Betten geschlafen. Irgendetwas passt an deinen Aussagen nicht zusammen."

Charly:
„Ja, eben, weil du für mich nie erreichbar warst. Zudem kommt noch hinzu, dass du mit Lilly bereits viele Jahre ein Verhältnis hast. Sag jetzt nicht, es stimme nicht. Ich weiß mehr als du glaubst."

Annika:
„Was empfindest du für Lilly?"

Charly:
„Für Lilly, spüre ich die gleiche Liebe, wie für dich."

Annika:
„Das geht nicht, Charly. Man kann nur eine Frau, von ganzem Herzen lieben."

Charly:
„Ist doch egal. Lilly ist genauso unerreichbar für mich, wie du. Lilly habe ich noch nie mit einem Mann gesehen, außer flirten, ja. Sie hatte noch nie eine Beziehung zu einem Mann. Bei dir, weiß ich, dass du auch mit Männern, was hattest. Aber, niemals mit mir. Ich war immer Luft für dich."

Annika:
„Du bist echt ein Depp. Warum hast du niemals etwas gesagt oder getan? Hast du jemals einen Versuch gestartet bei Lilly oder bei mir?"

Charly:
„Ja, aber es kam bei euch nie an. Ihr habt mich nicht gesehen."

Annika:
„Jetzt, fehlen mir die Worte. Wenn es so war, dann bitte ich dich um Verzeihung. Eines gibt mir auch zu denken. Lilly, hatte nie eine Beziehung mit einem Mann, obwohl sie auf Männer steht. Warum eigentlich?"

Charly:
„Wie soll ich das wissen? Vielleicht ist sie gar nicht bisexuell, sondern lesbisch."

Annika:
„Nein, das glaube ich nicht. Eventuell, wartet sie auch auf einen bestimmten Mann, der für sie der Richtige wäre."

Charly:
„Wie auch immer. Lass uns wieder zur Bar gehen, bevor Lilly sich Sorgen macht."

Annika:
„Hast du Angst davor, dass sie jetzt glaubt, wir würden mit einander schlafen? Und, du möchtest das nicht?"

Charly:
„Ich weiß nicht. Vielleicht? Aber, eigentlich ist das egal. Sie bekommt meine anderen Affären ja auch mit. Gäbe es da einen Unterschied?"

Annika:
„Warum lässt du dich ständig auf Sex-Abenteuer ein? Glaubst du, das gefällt Lilly?"

Charly:
„Ich denke, ihr ist es egal was ich mache."

Annika:
„Und, wie fühlst du dich dabei?"

Charly:
„Ich genieße die unkomplizierten Affären. Lilly lebt ein Leben, in dem ich nicht vorkomme."

Annika:
„Warum sprichst du sie nicht direkt darauf an, wenn du sie liebst?"

Charly:
„Hierfür fehlt mir der Mut. Vielleicht ist es die Angst, einen Korb von ihr zu bekommen, auch möglich."

Annika:
„Liebst du Lilly, wirklich von ganzem Herzen?"

Charly:
„Genauso, von ganzem Herzen, wie dich Annika. Komm, gehen wir."

Annika sitzt noch zögerlich auf dem Bett. Charly reicht ihr die Hand und sagt:
„Komm, bitte."

Annika zieht an seiner Hand und sagt:
„Schlaf mit mir, jetzt!"

Charly kniet sich vor Annika und hält zärtlich ihren beiden Händen und sagt:
„Das wollen wir jetzt beide nicht, oder?

Annika:
„Ist es wegen Lilly?"

Charly:
„Unsertwegen, Annika."

Annika, lächelt Charly liebevoll an und steht auf, damit sie gemeinsam zur Bar gehen können

.
Zur gleichen Zeit, während Annika und Charly im Zimmer waren, läuft eine angeregte Unterhaltung an der Poolbar.

Nachdem Valentin wieder zu seiner Frau kam, waren noch: Oskar, Simon, und Lilly anwesend.

Lilly fragt Marlene:
„Wie viele Programme nehmen sie heute noch wahr?"

Marlene:
„Ich möchte mich noch weiter verwöhnen lassen. Es kommt darauf an, wie Tamara, meine Zeit verplant hat. Hier sind so tolle Sachen zu machen, da weiß man ja erst einmal gar nicht, wo man anfangen soll."

Lilly:
„Ja, Tamara stellt immer großartige Tagesprogramme zusammen. Denken sie aber daran, dass heute Nachmittag, noch unsere jährliche: Black-Night-Gala, ist."

Marlene:
„Okay. Was ist das genau, und wo?"

Lilly
„Hier im Poolbarbereich. Haben sie die Flyer nicht gesehen? Die sind überall ausgehängt. Alle Gäste müssen im eleganten schwarzen Dress kommen. Das ist immer sehr schön."

Valentin fragt nach:
„Nur die Gäste in Schwarz, oder auch das Personal?"

Lilly lacht:
„Auch das Personal:"

Valentin freut sich:
„Fräulein Lilly, im kurzen schwarzen Kleidchen? Da muss ich dabei sein."

Lilly:
„Lassen sie sich überraschen. Viele Frauen, werden in einem schwarzen Kleid kommen, ob kurz oder lang, ist egal."

Marlene zu Lilly:
„Sie tragen sowieso schon einen kurzen Rock, der passt gleich für heute Abend, oder nicht?"

Lilly:
„Nein. Ich werde mich natürlich auch hübsch machen."

Marlene:
„Noch hübscher? Wie soll das gehen, bitte?"

Oskar:
„Unterschätze niemals eine Frau, was sie noch alles hervor zaubern kann. Ich habe von dieser Gala gelesen, darf ich heute Abend auch kommen?"

Lilly:
„Natürlich. Alle Gäste sind eingeladen."

Isabella kommt zur Poolbar und stellt sich neben ihren Mann Simon und fragt:
„Bei was sind alle Gäste eingeladen?"

Lilly antwortet:
„Heute ist unsere legendäre Black-Night-Gala, hier im Poolbereich. Ein Pflichttermin, auch für sie."

Isabella fragt Simon:
„Da kommen wir doch auch, oder?"

Simon:
„Eigentlich, wollte ich mich entspannen, aber wenn du es möchtest, natürlich."

Marlene:
„Zur Black-Night-Gala, müssen wir doch alle erscheinen, klar doch."

Lilly:
„Das freut mich. Dann bitte ich euch, noch eine einzige Bestellung aufzugeben, denn wir schließen in kürze, wegen der Vorbereitungen für heute Nachmittag. Und, wehe, es kommt heute irgendwer von euch nicht. Ich sorge persönlich dafür, dass alle kommen."

Am späteren Nachmittag bei der Black-Night-Gala:

Lilly und Charly sind die ersten, die an der Poolbar sind. Sie sorgen auch bei dieser Veranstaltung für das Service. Lilly hat ein feines schwarzes und kurzes Seiden-Kleidchen an, mit schwarzen halterlosen Nylon-Strümpfen, mit erotischem Rot in den Haftbändern der Nylons. Schwarze lange Seidenhandschuhe und schwarze High-Heels.
Charly hat sich passend zu Lilly, mit einem schwarzen Smoking und einem roten Hemd gekleidet.
Für Charly ist es sehr schwer, neben seiner Kollegin zu arbeiten. Immerhin ist er in sie heimlich verliebt. Doch, mittlerweile kann er damit gut umgehen, da es schon einige Jahre so geht.

Charly versucht sein Glück:
„Lilly, du siehst heute wieder traumhaft schön aus. Wie sollen sich da die Männer zurückhalten können?"

Lilly:
„Versuch es gar nicht, Charly."

Charly:
„Was denn? Ich habe dir ein Kompliment gemacht."

Lilly:
„Ich kenn dich und ich weiß was du denkst, aber ich bin keine Frau für ein Abenteuer."

Charly:
„Ach ja, genau. Und was ist mit Annika?"

Lilly:
„Das ist etwas ganz anderes. Hatten wir dieses Thema nicht erst vor kurzem diskutiert? Was ist eigentlich mit deinen Küken? Kommen sie auch?"

Charly:
„Keine Ahnung. Wieso bist du immer so streng mit mir?"

Lilly:
„Nicht streng mein Lieber. Ich muss dich immer zügeln, damit du nicht entgleist."

Charly:
„Darf ich dich wenigstens heute Abend zum Tanzen auffordern?"

Lilly:
„Selbstverständlich. Ich hatte bei dir noch nie, nein gesagt. Frag doch nicht so blöd."

Oskar, der gerade zur Poolbar kommt, hat die letzte Aussage von Lilly gehört und gibt seine Meinung dazu:
„Hat er es also geschafft?"

Lilly lacht:
„Nicht das, was sie jetzt meinen gehört zu haben."

Oskar:
„Oh, doch. Meine Ohren sind sehr gut. Ist doch in Ordnung, Fräulein Lilly. Eine Frage hätte ich diesbezüglich noch: Mit oder ohne Annika?"

Lilly lacht lauter:
„Das geht sowohl mit ihr, als auch ohne Annika. Eventuell, werde ich heute beide Varianten in Anspruch nehmen."

Oskar:
„Da steht ihnen aber eine lange Nacht bevor. Eine unverschämte Frage erlaube ich mir: Können sie denn überhaupt so oft, hintereinander?"

Lilly:
„Ich kann sehr oft und auch die ganze Nacht."

Lilly muss die ganze Zeit lachen. Sie meint das Tanzen, und Oskar das sexuelle Vergnügen.

Oskar:
„Respekt, Fräulein Lilly, für ihre Ausdauer. Sicher liegt es auch am Partner, wie oft und wie lange es einem gefällt. Und doch, braucht man sehr viel Energie."

Lilly:
„Absolut. Aber wenn der Partner nicht durchhaltet, kann ich ja alleine weitermachen. Da habe ich kein Problem."

Oskar:
„Bekommen sie nie genug?"

Lilly:
„Ich sage einmal so: Wenn ich gut drauf bin und noch flott in Fahrt, dann kann es schon ewig dauern, bis ich müde werde."

Oskar:
„Nennt man das nicht Nymphomanie?"

Lilly:
„Ja, sexsüchtig bin ich, aber nur mit dem richtigen Partner. Schließlich, gehört auch Vertrauen dazu. Für einen: One-Night-Stand, bin ich nicht zu haben."

Oskar:
„Das hätte ich auch nicht von ihnen gedacht. Wissen sie, von wo diese Aussage kommt?"

Lilly:
„Ja. Ursprünglich vom Theater, und bedeutet: einmaliges Gastspiel, bzw. Aufführung. In sexueller Sicht, ist es ja auch ein einmaliges Gastspiel zwischen zwei fremden Personen."

Oskar:
„Sie sind nicht nur bildhübsch, sondern auch sehr klug."

Lilly:
„Dankeschön. Das gehört heutzutage zum Alltagswissen."

Oskar:
„Nein, dass es ursprünglich von Theaterschauspiel kommt, wissen nicht sehr viele."

In der Zwischenzeit sind noch weitere Gäste gekommen, die einstweilen Charly betreut. Lilly freut sich, als sie Marlene und Valentin begrüßen darf:
„Oh, wie schön. Guten Abend, Familie Schwarz."

Marlene:
„Mein Gott, sie sehen umwerfend aus, Fräulein Lilly. Elegant und sexy zugleich. Wenn ich sie so sehe, mit ihren rötlichen Haaren und diesem Outfit, dann vergesse ich, dass ich heterosexuell bin. Ehrlich, sie sind zum Anbeißen. Da wird jede Frau, sofort lesbisch. Was gibt es schöneres als sie, Fräulein Lilly?"

Valentin:
„Ich schließe mich meiner Frau an, Fräulein Lilly. Ein wahrer Traum der Weiblichkeit. Eine Perfektion der Schönheit."

Lilly:
„Oh, wie süß. Dankeschön, ihr Lieben."

Valentin:
„Kommt ihre Lebensgefährtin Fräulein Annika auch?"

Lilly:
„Annika, ist nicht meine Lebensgefährtin. Und: Annika kommt nicht, sie wird erscheinen. Annika, ist meiner Meinung nach, die Perfektion der weiblichen Schönheit."

Marlene:
„Gewiss, ist Annika ebenfalls eine traumhafte Schönheit. Aber, ich würde mich in sie verlieben, Fräulein Lilly. Sie wären genau diese Frau, für die ich mich vergessen würde."

Lilly:
„Wauw, das ist ja schon ein Heiratsantrag."

Marlene lacht:
„Ja, nehmen sie sich von mir in Acht."

Valentin:
„Auch da, kann ich mich meiner Frau nur anschließen."

Oskar mischt sich ein:
„Ja, ja. Der Valentin, kann es nicht lassen."

Valentin:
„Bitte, nicht sie schon wieder. Kann ich mich nicht in Ruhe mit den Damen unterhalten?"

Oskar:
„Natürlich, wenn sie mir sagen, in welcher Begleitung, sie heute sein werden?"

Lilly unterbricht das Gespräch, da sie ahnt, was kommen könnte:
„Herr Brandner. Ich hoffe sehr, dass sie mich heute Abend zum Tanzen auffordern werden."

Oskar:
„Ich? Liebes Fräulein, ich mit meinen zwei linken Füßen? Nein, das tue ich ihnen nicht an."

Lilly:
„Und wie sie das tun werden. Ansonsten, bin ich sehr gekränkt und traurig."

Oskar:
„Warten wir mal ab. Ich bin mir sicher, es gibt genügend andere Tänzer heute Abend, die mit ihnen tanzen möchten."

Lilly:
„Das eine schließt das andere nicht aus, Herr Brandner."

Marlene lässt es sich nicht nehmen, und sagt:
„Ich würde sie gleich zum Tanzen verführen, Fräulein Lilly."

Lilly:
„Gut. Auf was warten wir?"

Lilly ruft zu Charly:
„Herr Kapellmeister Charly? Ich bitte um Musik."

Charly läuft zur Musikanlage und legt eine Musik-CD, mit Tanzmusik ein. Lilly geht vor die Bar, nimmt Marlenes Hand und fragt:
„Darf ich bitten?"

Lilly und Marlene eröffnen das Tanzparkett in der Poolbar-Anlage und tanzen einen Foxtrott zu Helene Fischer. Die anwesenden Gäste staunen, wie elegant, sich das Tanzpaar bewegt. Sie reißen die anderen Gäste mit und es wird allmählig voller in der Poolbar-Anlage. Lilly tanzt 2 Lieder mit Marlene und geht dann wieder hinter die Bar zum Arbeiten.
Oskar und Valentin applaudieren Lilly zu.

Lilly bedankt sich:
„Dankeschön, meine Herren. Mit so einer tollen Tänzerin, wie Frau Schwarz, macht das Tanzen sehr viel Spaß. Sie war der eigentliche Star, die mich geführt hat. Also, meine Herren, wer traut sich zuerst und fordert Frau Schwarz auf?"

Marlene stoppt die Herren:
„Der Abend ist noch jung. Fräulein Lilly: Es war mir eine große Ehre und es war ein Traum, mit ihnen zu tanzen. Nein, zu schweben. Danke vielmals."

Lilly:
„Ich habe zu Danken."

In diesem Moment, und wie Lilly es vorhergesagt hat, erscheint Annika in der Poolbar-Anlage. Sie hat das gleiche Outfit an, wie Lilly. Der einzige Unterschied zwischen den beiden Schönheiten, sind nur ihre Haare. Lilly hat dunkelbraunes, eher rötliches langes Haar und Annika schwarzes langes Haar. Sie gleichen, märchenhafter Elfen-Schönheiten, aus einer anderen Welt. Ihre Schönheiten sind nicht mit Worte zu beschreiben.
Annika geht zuerst zu Lilly und begrüßt sie mit einem heißen Kuss auf den Mund. Dann, nimmt Annika, Lillys Hände und geht zur Tanzfläche. Sie positionieren sich in der Mitte, Annika gibt Charly ein Handzeichen und es ertönt das Lied: „You Can Leave Your Hat On" von Joe Cocker aus dem Film 9 ½ Wochen. Sie bewegen sich wie Kim Basinger und törnen sich gegenseitig an. Alle anwesenden Gäste sind fasziniert von den beiden Schönheiten. Sie bewegen sich so sexy und erotisch, dass man auch ihre schwarz/roten Spitzen-Haftbänder von den halterlosen Nylon-Strümpfen sehen kann. Pure Erotik, was die beiden Tänzerinnen ausstrahlen. Nicht nur die Männer stehen mit offenem Mund um die Tanzenden, sondern auch alle Frauen. Faszinierend, was 2 sexy Frauen für eine Wirkung auslösen können. Mit Begeisterung bewegen sich die Freundinnen und vergessen dabei, dass sie nicht alleine sind. Ihre tänzerischen Berührungen werden immer erotischer und lustvoller. Sie streicheln und küssen sich, unscheniert, aber so, dass es nicht vulgär ausschaut. Das beide Freundinnen, einen Slip tragen, ist nun niemand entgangen. Die brennende Begierde und die vulkanartige Erotik, steckt auch die anderen Gäste an. So küsst seit

langem wieder einmal, Valentin, seine Ehefrau Marlene, wie er es eigentlich nur mehr mit seiner heimlichen Geliebten Isabella macht. Angetörnt von den heißen Tanzpärchen, überkommt Valentin, seine Kuss-Leidenschaft.
Auch Charly, steht wie versteinert bei der Bar und sieht seine beiden Traumfrauen zu.
Oskar ist erstaunt, wie freizügig Lilly mit ihrer Freundin, ihre bisexuelle Seite präsentiert bzw. auslebt. Für ihn ist klar: Lilly und Annika, sind ein Traumpaar und gehören zusammen. Ihre gegenseitige Liebe, können sie nicht mehr abstreiten oder verleugnen.

Kurz vor dem Ende des Liedes, kommen Isabella und Simon in die Poolbar-Anlage. Isabella sieht, wie ihr Geliebter, seine Frau küsst. Simon sieht nur noch die beiden erotischen Tänzerinnen und ist wie verzaubert von diesem Anblick.

Das Lied ist zu Ende und es gibt einen lauten Applaus für Lilly und Annika. Sie verneigen sich lächelnd und küssen sich, noch einmal ganz heiß mit ihren Lippen und Zungen. Es scheint, als würde der Applaus nie mehr verstummen, so sehr applaudieren die Menschen für die beiden Freundinnen.

Nach einiger Zeit geht Lilly, händchenhaltend mit Annika zur Bar. Sie bietet Annika einen Barhocker an und geht selbst hinter die Bar, um zu arbeiten.

Oskar sagt zu Lilly:
„So viel knisternde Erotik schon beim Tanzen, was kann da noch gesteigert werden?"

Lilly sagt lächelnd:
„Es lebe ihr fantasiereiches Kopfkino, Herr Brandner."

Valentin begrüßt das Ehepaar Weiss. Isabella, schaut nicht gerade sehr glücklich. Somit fragt Valentin:
„Geht es ihnen nicht gut, Frau Weiss?"

Isabella:
„Bis vorhin ging es mir sehr gut, bis ich was sehen musste, was mich etwas aus der Bahn geworfen hatte."

Valentin:
„Hat ihnen die Tanzeinlage von Fräulein Lilly mit ihrer Lebensgefährtin nicht gefallen? Ich und alle Anwesenden, fanden es großartig. Diese Erotik brachte unser Blut zum Kochen."

Isabella:
„Offensichtlich nicht nur das Blut."

Marlene möchte tanzen und fragt ihren Ehemann:
„Valentin, komm lass uns tanzen gehen."

Valentin:
„Bitte nicht jetzt. Etwas später, okay?"

Marlene:
„Das ist wieder typisch. Frau Weiss, wie sieht es tänzerisch mit ihren Ehegatten aus?"

Isabella:
„Mit Simon? Ja, er tanz eigentlich schon gerne. Hey Simon: Frau Schwarz möchte gerne tanzen."

Simon:
„Ja, sehr gerne."

Marlene und Simon gehen tanzen. Valentin versucht seine Isabella zu beruhigen und spricht etwas leiser:
„Mich hatte es einfach überkommen. Du warst ja nicht hier."

Isabella:
„Es schien, als würdet ihr ein treuherziges Ehepaar sein."

Valentin:
„Sorry, aber wir sind ein Ehepaar. Meine Liebe zu dir, kann ich schwer zeigen, oder? Komm, verschwinden wir."

Isabella:
„Mit welcher Ausrede?"

Valentin ruft Lilly zu sich:
„Fräulein Lilly. Darf ich sie etwas Bitten? Ich möchte mit Isabella, kurz ungestört sein. Hätten sie, bezüglich eines Alibis, eine Tätigkeit für uns zu erledigen?"

Lilly:
„Herr Schwarz, was soll ich jetzt herbeizaubern? Nein, das geht nicht."

Valentin:
„Ich bitte sie vielmals. Ich brauche sie und zähle auf ihre Diskretion. Danke. Sie sind ein ganz besonderer Engel. Danke"

Noch bevor Lilly etwas sagen kann, verschwindet Valentin mit seiner Geliebten aus der Poolbar.

Auf der Suche nach einem ruhigen Platz, irren sie im Hotel herum, bis sie eine offene Tür finden. Die Wäschekammer ist nicht verschlossen, und sie gehen kurzerhand hinein.

Valentin:
„Warum bist du zickig, Isabella?"

Isabella:
„So wie du deine Frau geküsst hast, kann man meinen, ihr seid frisch verliebt."

Valentin:
„Es überkam mir. Ich war sehr angetan von Lilly und Annika. Ich liebe dich Isabella. Es hatte nichts zu bedeuten, ehrlich. Du bist meine Liebe."

Isabella schaut Valentin mit traurigen Augen an. Valentin küsst sie einfach und Isabella gefällt es. Schnell war der Disput vergessen. Valentin küsst sie weiter bei den Ohren und auf dem Hals. Isabellas Kleid, wird bestimmend aber zärtlich, hochgeschoben. Valentin verführt seine Isabella bis zur Ekstase.

In der Zwischen Zeit sind Marlene und Simon vom Tanzen zurück. Marlene fällt es zuerst gar nicht auf., dass ihr Mann nicht mehr anwesend war.

Oskar freut sich:
„Frau Schwarz, sie tanzen hervorragend. Sie sehen blendend aus."

Marlene:
„Vielen Dank, für das Kompliment."

Oskar:
„Ich bewundere ihre Ausstrahlung, sie blendet mich. Ja, sie sind eine faszinierende Frau."

Marlene:
„Flirten sie mit mir?"

Oskar:
„Und wenn es so wäre?"

Marlene:
„Ich bitte sie höflichst, dies zu unterlassen. Sie sind ein netter Mann und ich unterhalte mich sehr gerne mit ihnen. Zerstören wir das Beisammen sein nicht, okay?"

Oskar lächelt, er nimmt ihre Hand und gibt ihr einen Handkuss. Er sagt:
„Okay, aber meine Zuneigung zu ihnen bleibt trotzdem. Selbstverständlich, respektiere ich ihre Worte und werde mich zügeln."

Marlene:
„Das freut mich sehr. Sie sind ein wahrer Gentleman."

Tamara, die Therapeutin, kommt in die Poolbar und geht zu Marlene:
„Hallo, Frau Schwarz. Amüsieren sie sich gut? Ist bei ihnen alles in Ordnung?"

Marlene:
„Ach, mein Therapieengel Tamara. Hallöchen. Danke, der Nachfrage. Mir geht es blendend. Sie sehen ja großartig aus."

Lilly begrüßt ihre Kollegin:
„Hallo Tamara. Was darf es sein?"

Tamara:
„Hi Lilly. Einstweilen nichts, danke dir. Du siehst sehr verführerisch aus, liebe Lilly."

Lilly:
„Danke Tamara, du auch."

Ohne weitere Worte geht Lilly zu Charly um wieder zu arbeiten.

Die Gäste haben alle einen Blick auf Tamara geworfen. Sie ist mit einem schwarzen sehr engen Minirock gekleidet. Trägt ein bauchfreies schwarzes Shirt, schwarze Nylons und extrem hohe High-Heels. Ihr sehr langes blondes Haar, trägt sie ausnahmsweise offen, und hängen ihr bis zum Po, und dass bei einer Körpergröße von fast

1,80 Meter. Tamara ist sehr schlank und für eine Frau, relativ groß.

Marlene:
„Sie sehen heute so anders aus, Tamara."

Tamara:
„Ich trage mein Haar offen. Vielleicht liegt es daran?"

Marlene:
„Es liegt nicht nur an den Haaren. Dass sie eine wunderschöne Frau sind, sah ich ja schon. Aber, jetzt, ist noch die erotische Ausstrahlung hinzugekommen. Mein Gott, ich fühle mich, zwischen So viele Traumfrauen, richtig hässlich."

Tamara:
„Nein, nein, nein, Frau Schwarz. Sie sind eine sehr attraktive und traumhaft schöne Frau. So etwas dürfen sie nie wieder, sagen."

Marlene:
„Und, das aus ihrem hübschen Mund, vielen lieben Dank."

Oskar:
„Sie sind Therapeutin, Fräulein? Darf ich auch zu ihnen kommen?"

Tamara:
„Wenn sie eine Therapie bei mir buchen, natürlich."

Oskar:
„Was, therapieren sie?"

Tamara:
„Wie haben viele verschiedene Beauty-Programme. Bei der Rezeption liegen Folder auf, die sie jederzeit einsehen

können. Angefangen von Gesichtspeeling bis zu den Zehenspitzen."

Marlene:
„Die Beauty-Dienstleistungen sind spitze. Das kann ich nur aus eigener Erfahrung bestätigen."

Oskar:
„Ich sollte, sie einmal buchen, Fräulein. Was können sie mir empfehlen?"

Tamara:
„Gesichtspeeling, Hautpflege, Haarentfernungen wie zum Beispiel bei den Nasenlöchern oder auch Augenbraun zupfen, dann gäbe es noch die Fußpflege."

Oskar:
„Können sie mir ein volles Programm zusammenstellen?"

Tamara:
„Sehr gerne. Kommen sie einfach morgen zu mir."

Marlene zu Tamara:
„So, dass sie für mich aber auch morgen noch Zeit haben, Tamara."

Tamara:
„Für sie Frau Schwarz, habe ich immer Zeit. Gut, dann werde ich sie nicht mehr länger belästigen und werde meine Runde gehen. Bis später."

Oskar sagt zu Marlene:
„Sehr fesche Frau. Ich werde ihre Beauty-Dienste in Anspruch nehmen.

Marlene:
„Tamara ist großartig, sie werden es nicht bereuen."

Marlene ruft nach Lilly:
„Wissen sie zufällig, wo mein Mann ist?"

Lilly fällt nichts anderes ein, und denkt sich rasch etwas aus:
„Ja, ich habe ihn gebraucht, für die Flyer von dieser Gala. Unser Praktikant hätte sie im Hotel austragen sollen und hatte es nicht mehr gemacht. Ihr Mann, hörte mich diesbezüglich fluchen, und bot sofort seine Unterstützung an. Frau Weiss, hilft ihn dabei. Sie werden aber sicher bald wieder fertig sein. Sie waren in dieser Zeit mit Herrn Weiss, auf der Tanzfläche."

Marlene:
„Ja, so ist mein hilfsbereiter Mann. Herr Weiss, kommen sie doch näher zu uns, wir beißen nicht."

Simon, der sich die ganze Zeit mit Annika unterhalten hatte, rückt näher zu Marlene:
„Ich weiß, aber ich wollte euch nicht stören."

Charly schnappt sich Tamara und tanzt einen Samba mit ihr. Alle Augen sind auf das Tanzpaar gerichtet. Marlene ist erstaunt:
„Dieser Charly, macht eine tolle Figur mit der hübschen Tamara."

Lilly:
„Ja, Charly, kann mit jeder Frau tanzen."

Marlene:
„Kann es sein, dass sie nicht gut auf Tamara zu sprechen sind, Fräulein Lilly?"

Lilly:
„Doch, doch. Wie kommen sie zu dieser Meinung?"

Marlene:
„Ich sah es in ihren Augen, dass irgendetwas zwischen ihnen liegt."

Lilly:
„Nein, da täuschen sie sich. Wir arbeiten gut zusammen, und mögen uns."

Oskar gibt seine Meinung dazu:
„Bei Frauen, ist es immer so eine Sache. Wenn, viele schöne Frauen zusammen sind, wird schnell gezickt. Weil, jede möchte die Schönste sein. Alle anderen sind Konkurrentinnen. Also, auf Abstand halten."

Lilly lacht und Marlene sagt:
„Typisch Mann. Sie sind ja ein richtiger Frauen-Kenner."

Annika zieht Lilly zu sich und küsst sie:
„Lass uns tanzen gehen."

Lilly:
„Das geht jetzt nicht. Erst wenn Charly hinter der Bar ist. Einer von uns, muss bei der Bar präsent sein, ansonsten bekommen wir vom Hoteldirektor Schwierigkeiten."

Marlene nimmt dies zum Anlass und sagt zu Oskar:
„So, Herr Brandner. Jetzt gehen wir beide tanzen und zwar ohne Widerreden. Kommen sie."

Marlene zieht Oskar einfach zur Tanzfläche und Simon geht auf die Toilette.
Annika sagt zu Lilly:
„Ich hatte zuvor ein echt spannendes und tolles Gespräch mit Herrn Weiss. Er ist zwar ein ruhiger Typ aber man kann echt super mit ihm reden. Weißt du, was er zu uns beiden gesagt hat? Er meint, wir wären ein absolutes Traumpaar. Das sind meine Worte, Lilly. Ich liebe dich und brauche dich immer und überall."

Lilly:
„Das freut mich. Ist es, weil es Herr Weiss gesagt hat, oder fühlst du es wirklich so?"

Annika:
„Das wusste ich schon immer, auch ohne Herrn Weiss."

Lilly:
„Ich fühle mich geehrt Liebes. Abgesehen davon, sind wir ja eh ein Paar, auch wenn es nur sporadisch ist. Sei doch mal ehrlich: Du liebst Charly."

Annika:
„Ja auch, aber dich vielmehr."

Lilly nimmt Annika in die Arme und sagt:
„Ach, du meine Liebe. Ich glaube, deine Gefühle spielen heute ein wenig verrückt, oder? Ich weiß, dass du mich liebst, genauso wie ich dich. Aber, wir sind beide nicht lesbisch, sondern bisexuell und stehen auch auf Männer. Und, du meine Liebe, liebst Charly. Ich gehöre sowieso dir, wann immer du möchtest."

Annika:
„Oh nein. Warum ist alles so verdreht und komisch?"

Lilly:
„Es passt so, wie es ist. Du bist meine ganz liebste, und süßeste, und geilste Freundin, die man nur haben kann."

Annika:
„Wirklich?"

Lilly:
„So etwas wie dich, gibt es nur einmal. Schön, dass es dich, für mich gibt."

Charly kommt mit Tamara zur Bar. Charly fordert Annika nochmals zum Tanzen auf. Tamara sieht Lilly an und fragt:
„Wie geht es dir, Lilly?"

Lilly:
„Gut. Danke. Du siehst verdammt gut aus. Deine Haare solltest du öfters, offen tragen."

Tamara:
„Ja, aber bei der Arbeit ist es teilweise störend. Deshalb, trage ich sie immer zusammengebunden zu einem Zopf."

Lilly beobachtet Annika und Charly beim Tanzen. Tamara fragt:
„Bist du glücklich mit Annika?"

Lilly:
„Warum fragst du, Tamara?"

Bevor Tamara antworten kann, kommt Simon zurück, und auch Marlene und Oskar, kommen wieder zur Bar.
Marlene:
„War doch gar nicht so schlimm, Herr Brandner. Sie sollten öfters tanzen. Wie sieht es mit ihnen aus, Herr Weiss? Hätten sie Lust, mit mir zu tanzen?"

Simon:
„Ja, gerne."

Oskar sagt zu Lilly:
„Seit vielen Jahren, habe ich heute wieder einmal getanzt. Ich hatte vergessen, wie schön es sein kann."

Lilly:
„Das freut mich. Sie sehen auch glücklich aus. Liegt es an Frau Schwarz?"

Oskar schmunzelt:
„Ist sicher auch ein Grund. Ich fühle mich sehr wohl, in dieser Poolbar. Sie sind eine Bereicherung für diese Anlage. Hoffentlich, weiß das ihr Chef auch zu würdigen."

Lilly:
„Ich denke schon."

Oskar:
„Wo ist die Therapeutin? Gerade war sie doch noch hier? Habe ich sie vertrieben?"

Lilly:
„Nein, bestimmt nicht."

Oskar:
„Was fühlen sie eigentlich, wenn sie ihre Annika mit ihren Kollegen beim Tanzen zusehen?"

Lilly:
„Es gefällt mir. Annika ist wunderschön und harmoniert sehr gut beim Tanzen mit Charly."

Valentin und Isabella kommen lachend hinzu. Er winkt seiner Frau Marlene zur Tanzfläche und widmet sich Lilly:
„Danke, Fräulein Lilly."

Lilly:
„Machen sie das nie wieder."

Valentin:
„Schöpfte meine Frau, Verdacht?"

Als Lilly antworten möchte, stehen Marlene und Simon bei Valentin. Sie fragt Valentin:
„Wo warst du so lange?"

Lilly mischt sich ein:

„Haben sie jetzt alle Flyer verteilt?"

Valentin schaut fragend. Gott sei Dank, reagiert Isabella:
„Ja, wir haben alle verteilt. War einiges an Arbeit."

Lilly:
„Ich danke euch, von ganzem Herzen."

Oskar kann es nicht lassen und fragt:
„Wo haben sie die Flyer verteilt?"

Lilly greift ein:
„Haben alle Hotelzimmer, die Flyer bekommen?"

Isabella:
„Ja, so wie sie es gesagt hatten."

Oskar:
„So ein braver Valentin."

Marlene:
„Frau Weiss, ich habe mir in der Zwischenzeit ihren Mann zum Tanzen geborgt. Ich hoffe, dies ist für sie in Ordnung?"

Isabella:
„Klar doch, Simon, darf tanzen, mit wem er möchte."

Oskar lacht:
„Der Gönner und Teiler, darf das."

Valentin sagt zu Oskar:
„Ihre dummen Bemerkungen, gehen mir auf den Geist. Merken sie nicht, dass es schon nervt?"

Oskar:
„Oh, wenn nur das nerven würde, mein lieber Valentin.

Erzählen sie uns doch, von ihrer Vergangenheit. Ist ihre Frau informiert?"
Marlene:
„Über was sollte ich informiert sein?"

Valentin:
„Der spinnt doch. Ich weiß nicht, was er meint."

Annika und Charly kommen vom Tanzen zurück. Lilly flüstert ihnen ins Ohr:
„Holt euch bitte, Frau Schwarz und Herrn Brandner zum Tanzen. Bitte fragt nicht, macht es einfach."

Annika reagiert prompt und fordert Oskar zum Tanzen auf und Charly nimmt Marlenes Hand und alle gehen auf die Tanzfläche.

Valentin:
„Mein Gott, ist das ein nervender Idiot."

Lilly:
„Was glaubt er zu wissen, über sie?"

Valentin:
„Nichts weiß er. Er ist ein Spinner und denkt sich irgendetwas aus. Keine Ahnung, was mit ihm los ist."

Simon, ist schon müde und sagt zu Isabella:
„Lass uns ins Zimmer gehen um zu schlafen."

Isabella:
„Jetzt schon? Ich möchte noch bleiben."

Simon:
„Okay, dann sehen wir uns später im Zimmer. Ich gehe einstweilen. Gute Nacht, zusammen."

Simon winkt allen zu und geht. Isabella nutzt diese Gelegenheit und sagt zu Valentin:
„Eine Stunde? Reicht das?"
Valentin:
„Ein Quickie geht noch, oder? Komm schnell."

Lilly:
„Herr Schwarz, bitte nicht. Bleiben sie…"

Vergeblich. Valentin und Isabella verschwinden schon wieder.

Es dauert nicht lange und die Tanzpaare kommen zu Lilly an die Bar. Marlene fragt;
„Wo ist mein Mann und Frau Weiss?"

Lilly lügt für Valentin:
„Die Familie Weiss ist bereits ins Zimmer gegangen und ihr Mann, wollte an die frische Luft. Er sollte gleich wieder zurück sein."

Nun sitzen: Marlene, Oskar, Annika und Charly bei Lilly. Charly übernimmt das Service bei der Theke und sagt:
„Annika und Lilly, gönnt euch eine Pause. Ich übernehme die Bar."

Das lassen sich die beiden Hübschen nicht zweimal sagen und gehen in das Personalzimmer.

Annika:
„Endlich sind wir ungestört. Den ganzen Tag, habe ich schon so eine Sehnsucht nach dir. Komm her, Süße."

Sie zieht Lilly auf das Bett und küsst sie zärtlich im Gesicht. Mit einer Hand schiebt sie Lillys Kleid über die Oberschenkel und streichelt ihr Genitalbereich. Nach kurzer Zeit, fliegt der Slip, im hohen Bogen durch das Zimmer. Annika legt sich beide Beine von Lilly über ihre Schultern und verwöhnt ihre Freundin mit dem Mund und Zunge. Lilly streichelt Annikas Haar und presst deren Kopf fest an ihre Vagina. Lilly gefällt es sehr und sie verfällt zunehmend in einer Art, Lust-Trance. Annika kennt Lillys Vorlieben und bringt ihre Freundin zum Beben. Lilly umschlingt Annikas Kopf, fest mit dem Nylon bedeckten Beinen und drückt sie immer fester an sich. Dabei bekommt Annika zwar wenig Luft, aber ihr gefällt es auch, Lilly so zu reizen und verwöhnen, bis sie schließlich den sexuellen Höhepunkt erreicht.
Lilly lässt nicht lange auf sich warten. Sie zieht Annika unter sich und legt sich auf sie darauf. Dabei, küsst sie ihre Freundin auf den Mund. Ganz langsam küssen Lillys Lippen, die Ohren, dann weiter, den Hals von Annika. Mit der Zunge gleitet sie in Richtung, Annikas Dekolleté. Sehr langsam und erotisch umkreist Lillys Zunge, dann ihre Brustwarzen. Annika ist sehr erregt und umschlingt Lillys Hüften mit ihren Beinen. Lilly widmet sich einige Zeit, Annikas Oberweite, was ihr sehr gefällt.
Nach der Zungenmassage der Brüste, streicht sie mit der Zunge zu Annikas Bauchnabel und dann weiter, zu ihrem Genitalbereich. Auch Annika ist glattrasiert. Sowohl mit dem Mund, als auch mit ihren Fingern, spielt sie in Annikas Schritt, bis mit den Fingern, in Annika eindringt. Spielend in Annikas Vagina, küsst Lilly dann wieder ihren

Mund und hört erst auf, als Annikas Lustschrei einem Vulkanausbruch gleicht.

Die Liebesspiele zwischen Lilly und Annika werden noch einige Zeit dauern. Zum Bedauern von Charly, der die Arbeit bei der Poolbar alleine meistern muss.

Nachdem Lilly mit Annika von der Poolbar gegangen waren, verabschiedet sich auch Marlene:
„Ich werde meinen Schönheitsschlaf machen. Bis morgen, ihr Lieben."

Oskar:
„Ohne ihren Mann?"

Marlene:
„Er weiß, wo unser Zimmer ist. Ich werde auf ihn sehnsüchtig warten. Gute Nacht."

Oskar sagt zu Charly:
„Wenn sie wüsste, was ihr Mann für ein falsches Spiel treibt, würde sie nicht auf ihn warten."

Tamara kommt zu Charly und fragt:
„Wo ist Lilly?"

Charly:
„Ich habe ihr eine Pause gegönnt."

Tamara:
„Mit Annika?"

Charly schmunzelt:
„Ja, mit Annika"

Tamara antwortet traurig:
„Oh, okay."

Charly:
„Was darf ich dir anbieten, Tamara?"

Tamara:
„Nichts, danke."

Bevor Charly etwas sagen kann, geht Tamara wieder.
Oskar:
„Das war keine gute Nachricht für das Fräulein Tamara. Sie war sehr enttäuscht, dass Lilly mit Annika, die Pause verbringt."

Charly:
„Ja, diesen Eindruck hatte ich auch. Sehr Merkwürdig, aber, naja."

Oskar:
„Mir erweckt der Verdacht, dass die Beauty-Lady, wohl mehr für Lilly empfindet, als nur ein kollegiales Verhältnis?"

Charly:
„Tamara? Das wüsste ich aber, wenn es so wäre."

Oskar:
„Gute Freunde, sind nicht immer, über alles informiert."

Valentin kommt an die Bar und sucht seine Ehefrau:
„Wo ist meine Frau?"

Oskar:
„Sie begab sich auf ihr Zimmer und wartet sehnsüchtig auf sie. Wo ist ihre Geliebte? Ach, da hinten steht sie doch. Darf sie nicht zur Bar kommen? Sagen sie ihr, die Luft ist rein."

Valentin schüttelt den Kopf und ärgert sich:

„Sie gehen mir auf die Nerven. Mischen sie sich nicht in mein Leben ein."

Charly:
„Bitte Ruhe bewahren. Aber, es stimmt. Ihre Frau sagte: sie macht ihren Schönheitsschlaf und wartet auf sie, im Zimmer."

Valentin:
„Danke, aber dieser Herr nervt wirklich."

Valentin deutet Isabella an, dass sie kommen soll.

Oskar:
„Man kann nur jemandem nerven, der etwas vertuschen möchte. Und hierbei sind sie ein wahrer Künstler und diesbezüglich sehr anfällig."

Isabella:
„Ist deine Frau nicht hier?"

Valentin:
„Marlene ist im Zimmer."

Isabella:
„Dann sollten wir auch zu unserem Partner gehen, was meinst du?"

Valentin:
„Nein, jetzt trinken wir noch etwas. Wo ist eigentlich Fräulein Lilly?

Oskar:
„Sie amüsiert sich mit ihrer Freundin Annika."

Charly:
„So ein Quatsch. Sie macht ihre Pause."

Oskar:
„Das sagte ich doch."

Isabella flüstert Valentin in sein Ohr:
„Wir könnten doch noch weitermachen machen, oder nicht? Sozusagen, eine zweite Runde. Eine ungestörte Verlängerung des lustvollen Spieles."

Valentin:
„Eher nicht. Jetzt brauche ich eine Pause."

Oskar:
„Ja, ja. Wir sind halt nicht mehr die jüngsten Bullen."

Valentin:
„Er kann es nicht lassen. Kümmern sie sich um ihr eigenes Leben. Mir reicht es für heute. Komm, Isabell, beenden wir den heutigen Tag."

Valentin geht mit Isabella zu den Zimmern. Ihre Zimmer liegen nebeneinander im selben Stock. Als sie den Flur entlang gehen, kommt Marlene aus Simons Zimmer.

Valentin:
„Marlene, was machst du da?"

Marlene:
„Ich habe mich vertan. Ich wollte nach dem Duschen noch kurz an die frische Luft und als ich wiederkam, verwechselte ich die Türnummer 26 mit 28. Mir ist das so peinlich. Aber, warum ist die Tür von Herrn Weiss nicht versperrt? Wenn die Zimmertür verschlossen gewesen wäre, hätte ich mich nicht im falschen Zimmer wiedergefunden."

Simon:
„Wegen meiner Frau, hatte ich die Tür nicht versperrt."

Valentin:
„Du schleichst mit dem Bademantel im Hotel herum?"

Marlene:
„Mein Gott. Wir sind in einem Wellness-Hotel. Da ist es ja fast normal und nach dem Duschen, sowieso."

Isabella:
„Da haben sie recht, Frau Schwarz."

Marlene:
„Was macht ihr Beide gemeinsam?"

Valentin:
„Wir sind uns zufällig noch begegnet und wollten gerade in unsere jeweiligen Zimmer gehen."

Die Situation beruhigt sich wieder und beide Paare gehen in ihre Zimmer.

Zur selben Zeit kommen Charlys Freundinnen: Julia und Lisa, zur Bar. Charly ist erfreut:
„Hey meine beiden süßen Engeln."

Lisa:
„Wie lange musst du noch arbeiten?"

Charly:
„Das wird noch dauern. Habt ihr schon Sehnsucht nach mir?"

Julia und Lisa, haben sehr wohl Sehnsucht und bleiben bei ihm an der Bar sitzen.

Oskar sagt zu Charly:
„Was ist eigentlich mit Lilly und Annika?"

Charly:
„Lilly macht ihre Pause, das wissen sie ja."

Oskar:
„Natürlich, aber ich meinte: Was ist mit ihnen, Lilly und Annika? Sind sie nicht anderwärtig verplant?"

Charly:
„Ich kann ihnen nicht folgen, sorry. Lilly ist meine Kollegin und Annika ihre Freundin. Was hat das mit mir zu tun?"

Oskar:
„Die Schönheit hebt die Dummheit. Amüsieren sich ruhig, mit ihren beiden Gazellen."

Lisa:
„Was soll diese Anspielung? Wir sind keine Gazellen. Das finde ich sehr beleidigend."

Oskar:
„Ich bitte um Vergebung. Zu meiner Zeit, war es für junge Frauen, noch ein Kompliment."

Mittlerweile ist es schon nach Mitternacht, und die Poolbar, ist fast Gästefrei. Lilly kommt mit Annika hinzu. Charly lächelt und Oskar sagt:
„Fräulein Lilly. Sie sehen glücklich aus. Hatten sie eine schöne Pause?"

Lilly:
„Die schönste, die ich je gehabt habe, Herr Brandner."

Annika ist nicht gerade erfreut über die Anwesenheit von Julia und Lisa. Sie setzt sich neben Oskar und fragt Lilly:
„Wie lange habt ihr heute noch geöffnet?"

Lilly:
„Eigentlich, nicht mehr so lange, warum?"

Annika:
„Ich möchte nochmals mit dir tanzen, solange die Musik noch läuft."

Lilly sieht fragend ihren Kollegen an, und Charly sagt:
„Auf was wartest du? Zeig was du kannst, Lilly."

Lilly geht mit Annika auf die Tanzfläche und beide sind glücklich. Dies zeigen sie auch. Wie erwartet, bewegen sich beide sehr erotisch beim Tanzen. Sei es bei schnellen Tanzbewegungen, oder auch bei anschmiegsamen Momenten. Sie können ihre Hände nicht voneinander lassen. Beide streicheln immer wieder, mit den Händen, das Hinterteil der Partnerin.
Charly, Oskar, Lisa und Julia, sind von diesem Anblick des Tanzpaares sehr angetan. Auch die noch wenigen Gäste, genießen diesen Augenschmaus, was Annika und Lilly bieten. Ein traumhaftes Tanz- und Liebespaar.

Von diesem Anblick, ist Tamara, die gerade in die Poolbar schaut, nicht begeistert. Ihr gibt es einen Stich ins Herz. Charly, merkt, dass Tamara bei der Tür steht und geht auf sie zu:
„Hey Tamara. Was hast du? Warum kommst du nicht zur Bar?"

Tamara:
„Nein, das muss nicht sein. Ich habe schon genug gesehen."

Charly hält sie zurück:
„Hey, bleib hier. Sag mir, was mit dir los ist. Ist es wegen Lilly? Du hast dich zuvor schon so merkwürdig verhalten. Gibt es irgendetwas, was ich wissen sollte?"

Tamara beginnt zu weinen und sagt:
„Nein, es ist nichts."

Charly versucht sie zu trösten und umarmt sie:
„Oh, du Arme. Komm her."

Da Tamara, bitterlich weint, versucht Charly es sehr vorsichtig:
„Kann es sein, dass du in Lilly verliebt bist?"

Tamara tut es sehr weh, Lilly mit einer anderen Frau zu sehen und bricht ihr schweigen:
„Lilly ist meine Verlobte."

Charly:
„Was? Lilly ist Single, seit ich sie kenne."

Tamara:
„Nein, sie ist mit mir verlobt. Das durfte keiner wissen. Frag doch Lilly."

Charly:
„Jetzt bin ich echt schockiert. Sie ist doch mit Annika zusammen und ich bin ein sehr guter Freund von ihr. Weshalb, hat sie das verschwiegen? Das verstehe ich nicht, und, das kann ich nicht glauben. Und warum, seid ihr nicht zusammen, wie es andere Paare auch sind?"

Tamara:
„Sie schämt sich dafür und brauchte eine Beziehungspause, sagte sie. Sie müsse sich erst selbst verstehen und darüber nachdenken, wer sie eigentlich ist."

Charly reagiert und schnappt sich Tamara. Er geht mit ihr zur Musikanlage, legt ein langsames Lied ein und stellt sich zu Lilly und Annika:

„Partnerwechsel ihr Lieben. Annika, darf ich dich bitten?"

Lilly und Annika sind verwundert. Ahnungslos, beginnt Annika mit Charly, langsam zu tanzen. Lilly steht vor Tamara und möchte die Tanzfläche verlassen. Doch, Tamara, hält sie zurück:
„Bitte, gehe nicht. Schenk mir diesen Tanz, Lilly."

Lilly:
„Was soll das, Tamara? Hast du geweint?"

Tamara:
„Ja, ich habe deinetwegen, geweint."

Lilly:
„Hatten wir uns nicht etwas ausgemacht? Wozu das Ganze jetzt?"

Tamara:
„Weil du es so wolltest, Lilly. Ich hätte, niemals eine Auszeit von dir gebraucht oder gewünscht. Du verlangtest eine Beziehungspause, die ich aus Liebe zu dir,

zustimmte. Aber, es schmerzt. Ich kann nicht ohne dich leben. Ich brauche dich. Bist du jetzt mit Annika zusammen?"

Lilly tut Tamara leid und nimmt sie in die Arme und beginnt zu tanzen.

Lilly:
„Wir hatten uns doch ausgesprochen, Tamara. Wir beide erlaubten uns, die Auszeit für uns zu nehmen, und keine Fragen zu stellen. Und, nein, ich bin nicht mit Annika liiert, wenn du das meinst."

Tamara:
„Aber, du schläfst mit ihr."

Lilly:
„Pssst, nicht jetzt und nicht hier, Tamara."

Lilly macht mit Tamara eine schwungvolle Drehung, und lächelt sie an:
„Weißt du noch, wie wir über die Tanzfläche geschlittert sind?"

Tamara schmunzelt:
„Und ob, ich das noch weiß."

Lilly:
„Kannst du es noch?"

Tamara:
„Klar doch."

Lilly geht zur Musikanlage und legt die CD mit dem Soundtrack von Flashdance ein.
Lilly stellt sich mit dem Rücken zu Tamara, so dass sie Rücken an Rücken stehen, und warten bis das Lied anfängt.

Langsam erklingt das Lied: What a Feeling von Irene Cara. Lilly und Tamara tanzen den einstudierten Tanz, den sie schon öfters auf die verschiedensten Tanzflächen zauberten. Charly und Annika, gehen zur Seite und staunen, was Lilly mit Tamara präsentieren.
Sie sind ein eingespieltes Tanz Team, das sieht jeder sofort. Charly ist verwundert und stolz zugleich auf Lilly. Er findet es schade, dass so wenig Gäste hier sind. Er läuft zur Hotelsprechanlage und spricht folgende Durchsage:

„An alle Gäste. In der Poolbar gibt es eine verspätete Mitternachtseinlage. Kommen sie, liebe Gäste und lassen sie sich das nicht entgehen. Es gibt keine Kleiderordnung. Sie dürfen auch mit einem Bademantel oder auch Pyjama kommen."

Diese Durchsage wiederholt er noch 3-mal.
Es scheint zu funktionieren. Die Gäste kommen in die Poolbar.

Dann läuft er zur Musikanlage und spielt das Lied, speziell den Refrain, immer wieder. So, dass das Lied mehrere Minuten lang wird.
Die Gäste sind erstaunt von der Tanzeinlage der beiden Freundinnen.

Tamara ist überglücklich, endlich wieder mit Lilly zu tanzen. Auch Lilly, strahlt über das ganze Gesicht.

Nur Annika, weiß nicht, was sie davon halten soll. In ihr kommt ein Gefühl von Eifersucht auf. Sie fragt Charly:
„Wann hatte Lilly die Zeit, mit Tamara diesen Tanz zu üben? Lilly ist dich fast immer mit uns zusammen. Habe ich etwas verpasst?"

Das was Charly von Tamara erfuhr, behält er lieber für sich und gibt sich ahnungslos:
„Nein, ich weiß es auch nicht."

Annika:
„Umso miteinander zu tanzen, braucht es eine lange Zeit. Wer ist eigentlich, diese Blondine?"

Charly:
„Das ist Tamara, sie arbeitet hier als Beauty-Betreuerin. Du kennst sie doch. Hey, Moment mal. Du bist eifersüchtig?"

Annika:
„Ja, und? Ich dachte, ich sei Lillys Nummer Eins."

Charly:
„Was heißt Nummer Eins, ist doch egal, Liebes. Freu dich doch für Lilly. Eure gemeinsamen Stunden, kann dir niemand mehr nehmen, Die gehören dir und euch."

Julia und Lisa, werden schon ungeduldig, wegen Charly.
Lisa:
„Charly. Wann hast du für uns wieder einmal Zeit? Oder bist du der Samariter für deine Kolleginnen?"

Charly:
„Liebe Lisa. Meine Kolleginnen sind mir sehr wichtig, weil sie auch meine Freunde sind. Ich werde immer für sie da sein, egal was ist."

Lisa:
„Und? Was heißt das für uns? Sind wir dir nicht wichtig?"

Charly:
„Natürlich, seid ihr mir auch wichtig, aber stellt mich nie zwischen euch und meine Freunde. Annika geht es gerade nicht gut..."

Julia unterbricht Charly:
„Dann, wünsche ich dir noch viel Spaß, mit deinen Kolleginnen. Komm, Lisa. Es gibt noch andere Lover."

Charly ist sprachlos. Annika erkennt die Situation:
„Lass sie ziehen, Charly. Sie haben dich nicht verdient."

Charly:
„So etwas habe ich überhaupt noch nie erlebt. Was glauben die Beiden eigentlich?"

Annika:
„Offensichtlich nicht viel. Komm her zu mir und lass dich drücken."

Als das Lied schlussendlich doch noch ein Ende findet, stehen Lilly und Tamara, händchenhaltend, Nase an Nase.
Tamara fragt:
„Und, wie geht es mit uns weiter?"

Lilly sieht Tamara lange Zeit, tief in die Augen und sagt nichts. Sie sammelt ihre Gedanken und Gefühle. Tamara, wartet geduldig und blickt ebenfalls tief in Lillys Augen.

Als der Applaus der Gäste verstummt, möchte Charly zu Lilly gehen. Doch, Annika hält ihn zurück:
„Nein, Charly. Lass sie alleine."

Geduldig bleiben sie bei der Bar stehen und beobachten die Beiden voller Spannung.

Nach einigen Minuten des Schweigens, sagt Lilly:
„Ich habe Angst, Tamara."

Tamara antwortet einfühlsam:
„Von was denn?"

Lilly:
„Von dem, was kommen könnte oder kommen wird."

Tamara:
„Dein Umfeld liebt dich, so wie du bist, Lilly."

Lilly:
„Jetzt schon, aber was ist dann?"

Tamara:
„Du bleibst immer die Lilly, die du bist. Du musst deine Seele, dein Herz mit deinem Kopf verbinden. Hast du alle Varianten, getestet?"

Lilly:
„Nein, habe ich nicht."

Tamara drückt Lillys Hände immer fester:
„Möchtest du es noch testen?"

Lilly:
„Nein. Auch davon habe ich Angst."

Tamara drückt Lillys Hände noch fester zusammen und schweigt. Lilly spricht weiter:
„Vielleicht, brauche ich gar nichts testen, sondern einfach zu mir selbst stehen und ehrlich zu mir selbst sein. Aber, es ist so verdammt schwer."

Tamara umarmt Lilly ganz fest und sagt:
„Dein Herz kennt die Antwort und deine Mitmenschen lieben dich."

Lilly genießt es, wie Tamara sie umarmt. Nach einiger Zeit sagt sie:
„Gib mir noch ein wenig Zeit, aber bitte bleib bei mir."

Lilly nimmt Tamara an der Hand und geht mit ihr zur Bar. Annika und Charly, warten schon ungeduldig auf die Beiden. Auch Oskar, Valentin, Isabella, Marlene und Simon, stehen bei der Bar und starren Lilly an.

Annika:
„Möchtest du uns etwas sagen, Lilly?"

Lilly:
„Noch nicht."

Charly:
„Wir sind deine Freunde, Lilly."

Lilly:
„Ich weiß, und ich liebe euch sehr. Was wollt ihr trinken? Ich gebe eine schnelle Abschluss Runde aus."

Sie einigen sich auf Champagner, und Lilly serviert in sehr gerne. Sie stoßen auf den gelungenen Gala-Abend an und schlussendlich wird dann die Poolbar für heute geschlossen.

Annika, Charly, Tamara und Lilly, stehen vor dem Wellness-Hotel und keiner weiß so recht, wer mit wem nachhause geht.

Lilly, beginnt zu lachen und sagt:
„Das ist eine eigenartige Stimmung, wisst ihr das? In unseren Augen sieht man nur Fragezeichen. Keiner weiß, was er tun soll. Okay, ihr Lieben. Ich schulde euch eine Erklärung, somit lasst uns nochmals in die Poolbar gehen. Aber, wir müssen leise sein und dürfen nur wenig Licht aufdrehen."

Lilly schließt die Poolbar auf und sagt:
„Bedient euch selbst. Die Rechnung geht auf mich."

Sie setzen sich alle an die Bar und Lilly versucht ihre Situation zu erklären:
„Meine lieben Freunde. Ich bewege mich in einem Hamsterrad, dass ich nicht so ganz verlassen kann. Ich drehe mich im Kreis und kenne mich eigentlich gar nicht selbst genug. Nein, eigentlich kenn ich mich schon, aber traue es mir nicht zu leben."

Annika:
„Auf was willst du hinaus, Lilly? Komm zum Punkt. Wir sind deine Freunde."

Lilly:
„Ja, ich weiß. Es ist folgendermaßen: Ich wollte immer ein normales Leben führen. Zu einem normalen Leben, gehört auch eine normale Frau. Die, bin ich aber nicht. Umso halbwegs normal zu sein, lebte ich eine Bisexuelle vor. Das heißt: Ich stehe auf Frauen und auch auf Männer. Jetzt ist es aber so, dass ich zwar sehr gerne mit Männern flirte aber dann ist aber schon Schluss. Fakt ist: Ich bin zu Hundertprozent Lesbisch und stehe nur auf Frauen."

Charly:
„Warum sagtest du uns das nicht, schon vor längerer Zeit? Wir kennen uns seit dem Teenager-Alter. Seit wann, weiß du es?"

Lilly:
„Seit der Pubertät, aber ich wollte es nie wahrhaben. Den ersten Menschen, indem ich mich verliebt habe, war damals in der Schule, Annika."

Annika:
„In mich?"

Lilly:
„Klar in dich."

Annika:
„Davon wusste ich nichts. Aber doch, sexuelle Erfahrungen haben wir schon als Teenager gemeinsam gemacht. Wir probierten alles aus. Ich dachte, es wäre deine Neugier, es einfach auszuprobieren. Wir lebten doch als lesbisches Paar. War es wirklich, eine ehrliche und ernstgemeinte Liebe?"

Lilly:
„Ja, absolut. In der Schule, war es auch cool, mit der besten Freundin lesbisch zu sein. Natürlich sagte ich dir nichts davon. Ich genoss die sexuellen Befriedigungen, und trotzdem wurde ich nicht als Lesbin abgestempelt. Und das war mir sehr wichtig."

Annika:
„Du bist verrückt, Lilly. Ich liebe dich und bin immer deine beste Freundin gewesen. Mir hättest du dich doch anvertrauen können. Unsere Freundschaft wäre daran niemals zerbrochen. Hast du jahrelang geschwiegen, was in dir vorgeht?"

Lilly:
„Ja, das habe ich. Und, ich habe sehr darunter gelitten. Ich hatte einfach nur Angst. Ich glaubte, so nicht sein zu dürfen."

Charly schmunzelt:
„Und, wann kam ich ins Spiel?"

Lilly:
„Zwischen uns, ist nie etwas passiert ist. Wir haben viel geflirtet und einige glaubten, dass wir eine heimliche Affäre hätten, obwohl das nie der Fall war. Dieser Glaube, tat mir gut. Denn, somit glaubten einige, dass ich Bisexuell bin. Und das, ist viel mehr akzeptiert als Lesbisch."

Charly:
„Das ist doch totaler Unsinn, Lilly. In der heutigen Zeit, ist alles normal. Aber, möchtest du uns nicht, Tamara vorstellen?"

Lilly lächelt verschämt:
„Ja, meine Lieben. Das ist Tamara, meine Verlobte. Wir werden heiraten."

Annika:
„Wie konnte es sein, dass ich nichts davon mitbekommen habe? Seit wann, seid ihr verlobt? Und, seit wann seid ihr zusammen?"

Lilly:
„Wauw, so viele Fragen auf einmal. Wir sind schon seit 2 Jahren zusammen und seit 4 Monaten verlobt. Ich stand aus Angst, nicht zu meiner Liebe. Ich hatte sogar die Frechheit, Tamara zu verletzen. Da ich selbst nicht wusste, wer ich wirklich bin, oder sein sollte, bat ich sie um eine Auszeit. Und in dieser Beziehungspause, wollte ich alles ausprobieren, um zu mir selbst zu finden."

Annika:
„Okay, das könnte zeitlich passen. Wir hatten längere Zeit, keine sexuellen Spielchen mehr gemacht. Aber, warum jetzt auf einmal wieder, obwohl du liiert bist?"

Lilly:
„Ja, aus Angst oder ist es Dummheit?"

Annika:
„Komm her Süße. Es ist definitiv, Dummheit meine Liebe."

Lilly:
„Jetzt, verstehe ich es immer besser. Ich möchte dir von ganzem Herzen, danken, Annika. Vor diesem Moment, hatte ich sehr großer Angst."

Annika:
„Unbegründet, meine Liebe. Obwohl es mich sehr traurig macht. Immerhin, hattest du nicht genügend Vertrauen zu mir, und dass gibt mir zu denken."

Lilly:
„Es war mein Fehler. Ich alleine, habe hierfür die Verantwortung, und nicht du."

Annika löst sich von Lilly und sagt:
„Eines muss ich dir aber noch sagen: Ich finde, du hast Tamara, mit deinem Verhalten sehr weh getan. Du warst ihr untreu. Das macht man nicht."

Lilly:
„Ja, es war sehr dumm von mir. Obwohl, ich keine Sekunde mit dir bereue."

Annika:
„Jetzt mal ehrlich. Was war der Unterschied, mit mir zu schlafen im Gegensatz zu Tamara? In beiden Fällen, war oder ist es lesbische Liebe."

Lilly:
„Nicht ganz. Bei dir fühlte ich mich bisexuell, also normaler. In der heutigen Zeit, ist es normaler, dass Frauen, sich untereinander küssen. Auch, wenn sie nicht gleich ins Bett steigen, das stimmt vielleicht. Bei Tamara, fühle ich mich als Lesbin, und dies wollte ich nicht wahrhaben. Ja, ich war Tamara untreu, wenn man es so sieht."

Lilly geht zu Tamara und umarmt sich ganz zärtlich:
„Bitte, verzeih mir. Ich habe es jetzt wirklich verstanden und ich fühle mich auch befreit. Ich bin lesbisch und stehe zu mir selbst."

Tamara:
„Schön, dich endlich lieben zu dürfen."

Charly:
„Das heißt: ich hätte niemals eine Chance bei dir gehabt:"

Lilly:
„Ich wollte dich lieben, also als Mann. Aber, es ging einfach nicht. Es wäre für mich ein Traum gewesen, dich lieben zu können. Du bist ein Traummann."

Charly:
„Dann waren deine Aussagen, wie: ich bin keine Frau für eine Nacht, nur Ausreden."

Lilly:
„Nein, das waren keine Ausreden. Ich bin definitiv, keine Frau für eine Nacht. Ich würde auch nie mit anderen Frauen schlafen. Es war nur mit Annika. Wobei ich es sehr genossen habe, das muss ich ehrlich gestehen."

Annika:
„Aber damit, ist jetzt Schluss, meine Liebe. Du gehörst zu Tamara. Sie liebt dich, genauso, wie du sie liebst."

Tamara:
„Ich hoffe sehr, dass damit Schluss ist. Ich habe schon genug Tränen verweint und gelitten."

Lilly:
„Jetzt wo ich weiß, was und wer ich bin, dank eurer Unterstützung und eurer Liebe zu mir, ist es definitiv vorbei. Ich brauche nichts mehr zu testen. Ich bin so wie ich bin und möchte mit dir, liebe Tamara, zusammen sein."

Anschließend, leeren sie die Gläser und beenden die Nacht.
Lilly nimmt ihre Tamara an die Hand und Charly fragt:
„Und wer geht mit mir nachhause?"

Annika lacht:
„Komm schon her, du Armer. Ich erbarme dich."

Lilly:
„Endlich, findet ihr zusammen. Ihr seid ein Traumpaar."

Zuhause bei Lilly angekommen, fragt Tamara:
„Hast du deinen sexuellen Horizont, mit Annika erweitern können?"

Lilly:
„Das brauche ich nicht. Mit dir ist alles so, wie es für mich passt, meine Liebe."

Tamara lacht:
„Naja, eventuell, hätte ich auch davon profitieren können."

Lilly:
„Du bist verrückt. Komm her und küss mich endlich."

Tamara küsst ihre Angebetete voller Hingabe und sie beginnt, Lilly zu streicheln.
Lilly stoppt Tamaras Hand und sagt:
„Ich muss dir etwas gestehen: Ich habe heute mit Annika..."

Tamara unterbricht:
„Ja, ich weiß. Du hattest mit ihr Sex. Lassen, wir es dabei und widmen uns, unserem endgültigen Neubeginn."

Lilly:
„Ein Neubeginn? Okay, fangen wir in der Badewanne an. Komm, meine endgültige und wahre Liebe."

Lilly lässt das Wasser ein und beide ziehen sich gegenseitig zärtlich aus. Sie steigen in die Wanne und Tamara beginnt, Lilly zu waschen. Sie sitzt ihrer Geliebten gegenüber und wäscht ihre Füße, die sie dabei immer wieder auch küsst. Langsam, geht sie zu den Oberschenkeln, um auch diese zu reinigen. Lilly schließt ihre Augen und lässt sich ganz der Liebe von Tamara fallen. Dem Intimbereich lässt sie aus und wäscht den Bauch weiter. Daraufhin sagt Lilly:
„Ich glaube, du hast etwas vergessen."

Tamara:
„Pssst, nein habe ich nicht. Alles zu seiner Zeit."

Vom Bauch aus, geht sie mit dem Waschlappen, zärtlich Richtung Brustbereich. Lillys Brüste werden ganz zärtlich von Tamara eingeseift und gewaschen. Als Lillys Brustwarzen vor Erregung größer werden, übernimmt Tamaras Zunge, die weitere Reinigung.
Anschließend, bekommt Lillys Gesicht eine Sonderwäsche mit dem Waschlappen. Dabei springt Lilly hoch:
„Hey, du spritzt mich ja an."

Tamara:
„Klar, das war meine Rache für deine Auszeit."

Lilly und Tamara, blödeln noch ein wenig herum, bis Tamara, Lillys Intimbereich streichelt. Dabei wird Lilly ganz ruhig und stöhnt leise. Tamara fragt sie:
„Gefällt dir das?"

Lilly:
„Was für eine bescheuerte Frage?"

Tamara:
„Dann schließ deine Augen und lass dich fallen."

Lilly genießt die Liebkosungen von Tamaras Zärtlichkeit. Doch, bevor Lilly zum Höhepunkt kommt, beendet sie das Liebes-Vergnügen:
„Stopp, Tamara. Ich möchte dich im Bett, vernaschen."

Lilly und Tamara trocknen sich gegenseitig mit einem Handtuch ab und haben dabei viel Spaß. Dann, zieht Lilly, ihre Tamara bei der Hand, ins Bett, Lilly setzt sich auf Tamara und streichelt ihre Körper mit den Händen, Mund und Zunge. Dabei sagt sie:
„Du bist wunderschön, Tamara."

Tamara lächelt und genießt. Lilly setzt alles daran, Tamara mit allen Künsten zu verführen. Sie setzt auch, Liebes-Spielzeuge ein, die wie ein Feuer bei Tamara, entflammen.
Lilly braucht nicht viel dabei zu tun. Denn Tamara, ist so sehr in Lilly verliebt, dass sie schon bei den kleinsten Berührungen, sehr erregt ist. Sie liebt ihre Lilly, über alles und kann sich keinen Sex, ohne ihr vorstellen. Tamara, würde ihr Leben für Lilly geben, so groß, ist ihre Liebe zu ihr.
Lilly, spielt mit einem Massagestab an Tamaras Klitoris, bis sie dann, sehr zärtlich und behutsam, in ihre Vagina eindringt. Sie dreht diesen auf und bewegt in sehr langsam. Tamara, spürt die innere Zeitbombe, die sie gerade erlebt.
Nach dem ersten Höhepunkt von Tamara, küsst Lilly sie auf den Schamlippen und führt, einen doppelten Dildo, in Tamaras Vagina ein. Lilly setzt sich gegenüber ihrer Freundin, küsst sie auf den Mund und führt sich die andere Seite des Dildos, in ihren eigenen Geschlechtsteil ein. Mit langsamen, hin und her Bewegungen, massiert sie sich selbst und gleichzeitig ihre Tamara. Diese Bewegungen werden dann von Lilly erhöht um sich selbst und ihre Freundin zur Explosion zu führen.
Für beide Freundinnen, ist es der schönste Sex, denn sie je erlebt hatten.
Ihre gemeinsame Nacht, raubt zwar ihren Schlaf, aber sie bringen sich immer wieder, gegenseitig zu einem Höhepunkt.

Zur gleichen Zeit, beginnen Charly und Annika ein Gespräch. Natürlich reden sie über Lilly und Tamara. Annika belastet eines sehr:
„Ich fühle mich beschämt. Ich merkte es nicht, dass Lilly eine andere Frau liebt. Ich wusste einfach nichts davon."

Charly:
„Du darfst ihr aber nicht böse sein. Für sie war es sicher noch viel schwerer. Sie hatte echt darunter sehr gelitten."

Annika:
„Da hast du sicher die Wahrheit getroffen. Aber, ich bin ihre beste Freundin. Gerade ich hätte es merken sollen. Und, ich Naive, habe auch noch Sex mit ihr. Wohlgemerkt den geilsten, denn ich je hatte."

Charly lächelt:
„Echt jetzt? Naja, okay. Bis dato, hast du mich ja noch nicht erlebt."

Annika lächelt ebenfalls und setzt sich auf seine Beine:
„Du Spinner. Glaubst du, du kannst Lilly toppen?"

Charly:
„Nein, sicher nicht. Aber, ich kann dich als Mann zum Beben bringen."

Annika nähert sich seinen Mund und flüstert:
„Ich lasse mich sehr gerne davon überzeugen, was ein Mann so kann."

Annika küsst Charly voller Leidenschaft und es kommt zu einer wilden Sex-Nacht, zwischen den Beiden.

Am nächsten Tag, ist Charly bereits vor Lilly in der Poolbar, um alles vorzubereiten. Oskar ist der erste Gast der kommt:
„Guten Morgen. Ah, der Traumtänzer. Wo ist Fräulein Lilly?"

Charly:
„Guten Morgen. Lilly wird bald anwesend sein. Was darf ich ihnen bringen?"

Oskar:
„Ein Kaffee wäre toll, danke. Gestern, war es noch sehr turbulent und verwirrend. Hatten sie eine schöne Nacht?"

Charly:
„Danke, sie war traumhaft, aber kurz."

Oskar:
„Und mit wem?"

Charly:
„Ihre Fragen sind doch sehr intim, meinen sie nicht?"

Oskar:
„Aha, ich dachte sie können jetzt prallen, dass sie mit Annika und Lilly, die Nacht verbracht haben."

Charly:
„Nein, kann ich nicht."

Oskar:
„Haben sie es verbockt? Oder haben sie sich von den beiden Gazellen abschleppen lassen?"

Charly:
„Nein, weder verbockt noch abschleppen lassen. Wissen sie, auch Männer wie ich, können einen Neubeginn starten. Von der Blindheit zur Erkenntnis."

Oskar:
„Ich bin erstaunt. Also, welche Schönheit, hat es ihnen angetan und zur Vernunft gebracht?

Charly:
„Seien sie doch nicht so neugierig."

Oskar:
„Ich werde es sowieso erfahren. Also? Ich kombiniere: Lilly tanzte noch mit der Beauty-Lady, und das kam mir sehr vertraut vor. Angenommen, Fräulein Lilly ist mit ihr verschwunden. Sie sagten, sie erlebten die Erkenntnis, dann kann nur Annika, der Grund für ihren Neubeginn sein."

Charly schmunzelt schweigend. Oskar warnt Charly:
„Tun sie Annika, niemals weh. Sie ist eine wunderbare Persönlichkeit. Untreue mit irgendwelchen Gazellen, wären beschämend. Betrachten sie Annika, als Lotto-Sechser."

Charly:
„Mehr als ein Lotto-Sechser. Sie ist meine wahre und einzige Liebe, die ich erst jetzt kapiert habe."

Simon kommt an die Poolbar und begrüßt Charly und Oskar. Er bestellt sich ein Glas Wasser und setzt sich neben Oskar.
Oskar:
„Ganz alleine und verlassen?"

Simon:
„Meine Frau, begann schon mit ihrem Beauty-Programmen."

Valentin kommt gleich als nächster in die Poolbar:
„Guten Morgen zusammen. Wo ist Fräulein Lilly?

Charly:
„Sie kommt etwas später."

Valentin fragt Simon:
„Und, wo ist ihre Frau?"

Simon:
„Der tägliche Wahnsinn, mit dem Beauty-Programmen."

Valentin:
„Ja, wem sagen sie das, wie bei meiner Frau. Dann werde ich einmal die frische Luft genießen gehen. Bis später."

Valentin sucht seine heimliche Geliebte und findet sie schließlich vor der Sauna:
„Hey, du scharfe Braut. Brauchst du eine Begleitung?"

Isabella:
„Unbedingt, mein Lieber. Lass uns keine Zeit vertrödeln, Ich habe die Sauna für eine Stunde gemietet. Ich hoffe, du kommst nichts zu sehr ins Schwitzen?"

Valentin lacht:
„Schauen wir einmal, wer mehr zum Schwitzen kommen wird."

Valentin genießt die Zweisamkeit mit seiner Isabella.

Da Valentin die Poolbar verlassen hat, sitzt Simon mit Oskar alleine bei Charly. Doch, nicht lange. Lilly erscheint in der Poolbar:

„Einen wunderschönen guten Morgen, alle zusammen."

Sie geht zu Charly und küsst ihn, wie gewohnt, auf den Mund.
Oskar:
„Fräulein Lilly. Dürfen sie das noch?"

Lilly:
„Charly, darf ich immer auf dem Mund küssen. Wir sind wie Geschwister. Aber, warum sollte ich das nicht mehr dürfen?"

Oskar:
„Bei den neuen Partnerkonstellationen, die sich aufgetan haben?"

Lilly:
„Ein Grund mehr, ihn zur Begrüßung auf den Mund zu küssen, oder nicht, Charly?"

Charly schweigt und genießt.

Oskar:
„Sie verwirren mich, Fräulein Lilly. Ich dachte er sei jetzt mit Fräulein Annika zusammen? Und sie, mit der Beauty-Lady?"

Lilly:
„So ist es Herr Brandner. Ich stehe zu meiner lesbischen Liebe, also zu meiner zukünftigen Ehefrau Tamara und Charly ist endlich mit Annika liiert."

Oskar:
„Freut mich für sie. Herzlichen Glückwunsch."

Lilly:
„Dankeschön. Sie sind gar nicht entsetzt, dass ich lesbisch bin?"

Oskar:
„Warum? Das waren sie doch schon mit Annika, wo ist jetzt der Unterschied?"

Lilly:
„Bei Annika war ich Bisexuell und jetzt bin ich Lesbisch."

Oskar:
„Und wo ist da jetzt der Unterschied? Sie hatten da und auch jetzt, Sex mit einer Frau. Was hat sich nun verändert?"

Lilly denkt kurz nach:
„Ja, eigentlich nicht viel. Oh doch, ich fühle mich befreiter, ehrlicher und somit glücklicher."

Oskar:
„Passt doch. Wem sie lieben und mit wem sie schlafen, ist doch ihre Sache und geht niemanden etwas an. Sie müssen glücklich sein."

Lilly:
„Nicht enttäuscht?"

Oskar:
„Nein, warum sollte ich enttäuscht sein? Sie sind eine wunderbare und einzigartige junge und hübsche Frau. Meine Ansicht, ihnen gegenüber hat, hat sich nicht verändert."

Lilly:
„Schön, wie sie es sagen. Denn, davor hatte ich Angst. Ich dachte…, nein egal. Sie haben Recht. Ich bin so wie ich bin. Und ob ich heterosexuell, bisexuell oder lesbisch bin, ist alleine meine Sache. Ich bin so wie ich bin und nicht anders."

Charly:
„Schön gesagt, Lilly. Und, genau so lieben wir dich, für immer und ewig. Alles Gute für dich und Tamara."

Lilly umarmt ihren Kollegen:
„Danke Charly. Wie geht es dir?"

Charly:
„Ich habe meine Liebe auch gefunden. Ich war bei Annika und es war großartig."

Lilly:
„Denk daran. Annika ist viel mehr als nur für eine Nacht."

Charly:
„Das weiß ich, Lilly. Ich weiß es zu schätzen und werde es nicht vergeigen. Keine Sex-Abenteuer mehr und keine Garzellen mehr, wie Herr Brandner es nennt. Nurmehr, die wahre und einzige Liebe zu Annika, was zählt."

Oskar:
„Der letzte Abend, hat einiges ans Tageslicht gebracht. Ein erfreulicher Ausgang würde ich sagen."

Valentin kommt zur Poolbar.
Lilly begrüßt ihn:
„Guten Morgen Herr Schwarz."

Valentin:
„Guten Morgen Fräulein Lilly, Schön, sie wieder zu sehen. Sie strahlen so, was ist geschehen?"

Lilly:
„Ich stehe zu meiner wahren Liebe, und es ist Tamara."

Valentin:
„Ich freu mich für sie. Das ist doch großartig. Diesbezüglich, ahnte ich letzte Nacht schon, dass sie ein Paar sind."

Oskar:
„Alle sind glücklich und zufrieden."

Marlene kommt in die Poolbar und Oskar fragt Simon:
„Herr Weiss, wo ist eigentlich ihre Frau?"

Simon:
„Sie braucht sich nicht bei mir rechtfertigen oder abmelden. Sie wird ihre Beauty-Termine wahrnehmen."

Oskar:
„Den letzten Termin, hat sie sicher wahrgenommen. Welche Farbe hat der Lippenstift ihrer Frau, Herr Weiss?"

Simon:
„Irgendeinen Roten, glaube ich."

Oskar steht auf, er geht zu Valentin und greift nach seinem Kragen:
„Ist das die Farbe, Herr Weiss?"

Simon sitzt fragend und wortlos auf dem Barhocker. Oskar fragt weiter:
„Sie müssen doch die Lippenstiftfarbe ihrer Frau kennen, Herr Weiss. Die Frau Schwarz von Valentin, trägt offensichtlich, einen pinken Lippenstift, wie man sieht."

Marlene zu Valentin:
„Gibt es hierfür eine Erklärung?"

Lilly befürchtet das Schlimmste und setzt sich für Valentin ein:
„Es kann von mir sein. Ich wechsle oft mehrmals meinen Lippenstift und als ich mich bei Herrn Schwarz bedankt habe, für seine Hilfe, kann es schon passiert sein. Ich bitte vielmals um Entschuldigung."

Marlene lächelt:
„Haben sie meinen Mann geküsst, Fräulein Lilly?"

Lilly:
„Nein. Ich habe ihn aus Dankbarkeit umarmt, sonst war nichts geschehen, Frau Schwarz."

Marlene unterbricht Lilly:
„Fräulein Lilly. Ihr Einsatz in allen Ehren. Dass mein Mann mich betrügt, weiß ich schon seit Jahren. Ich habe mich mit dieser Situation revanchiert. Es hat mir sogar Freude gemacht, meinen Mann in den Glauben schweben zu lassen, dass ich unwissend sei."

Valentin ist schockiert:
„Du hast es gewusst, dass ich dich betrüge?"

Marlene lacht:
„Ja, natürlich. Ich weiß, dass du mich betrügst und auch mit wem."

Oskar:
„Unterschätze niemals deine Frau."

Valentin:
„Du weißt auch mit wem ich dich betrüge?"

Marlene:
„Natürlich. Mit der Frau von Simon Weiss."

Oskar:
„Er teilt ja gerne, der Gönner. Na Bravo."

Lilly:
„Und das macht ihnen nichts aus, Frau Schwarz?"

Marlene:
„Zu Beginn tat es weh, aber das gab sich nach kürzester Zeit wieder."

Lilly:
„Wie können sie sich damit revanchieren?"

Marlene lacht:
„Naja, Anfangs tat es weh, bis ich Simon traf, er tröstete mich und wir begannen eine liebenswerte Affäre."

Valentin:
„Was? Du hast eine Affäre mit dem hier?"

Marlene:
„Ja, er heißt Simon, mein Lieber. Und immerhin ist er der Mann deiner Geliebten, also deiner Affäre. Immer, wenn du mit deiner Affäre verschwunden bist, hatte ich freie Bahn für meine Affäre. Ein herzliches Dankeschön, an Fräulein Tamara, die natürlich eingeweiht war. Ich hatte keine Beauty-Termine mein Lieber, sondern eine tolle Zeit mit Simon. Ach, da kommt ja auch schon Frau Weiss. Frau Weiss, leisten sie uns doch Gesellschaft. Wir sprachen gerade über die Treue in der Ehe. Wie ist ihre Meinung dazu?"

Isabella wirkt sehr überrascht:
„Treue? Treu sein, in der Beziehung ist sehr wichtig, warum?"

Marlene:
„Dann, hoffe ich, dass sie meinem Valentin, wirklich treu sind."

Isabella:
„Warum ihrem Mann? Wie darf ich das Verstehen?"

Valentin gibt sich geschlagen:
„Sie weiß alles von uns, und das schon seit Jahren. Dein Mann hat eine Affäre mit meiner Frau. Wie verrückt ist dieses Leben."

Isabella checkt es zuerst nicht:
„Um Gottes Willen. Frau Schwarz, es tut mir sehr leid. Und bei dir, mein lieber Simon, möchte ich mich auch

entschuldigen. Moment mal. Was hast du gesagt? Mein Simon schläft mit deiner Frau?"

Valentin:
„So ist es."

Simon lächelt:
„Entschuldigung angenommen, meine liebe Frau."

Valentin:
„Das war es mit meiner Karriere. Job ade."

Oskar:
„Ich denke, so Gönnerhaft und mit der nötigen Bereitschaft zum Teilen, wie sie alle sind, gibt es sicher gute Lösungen und Kompromisse."

Lilly:
„Ich bin überrascht, über das, was ich da mitanhören musste. Aber, Fakt ist, sie brauchen sich alle gegenseitig. Wie wäre es mit einem offiziellen Rollentausch? Die Familie Schwarz lässt sich genauso scheiden, wie die Familie Weiss, und dann, geht Schwarz mit Weiss zusammen und Weiss mit Schwarz. Nach der Scheidung, heiraten diejenigen die sich lieben. Geschäftlich, können sie offizielle Partner werden, und nichts wäre verloren."

Valentin, Marlene, Simon, Isabella und auch Oskar schauen sich gegenseitig an.
Marlene kapiert es als Erstes:
„Das ist die Lösung. Fräulein Lilly, sie sind die Beste."

Alle Anwesenden bejahen dies ebenfalls. Valentin greift sich seine Isabella und Marlene ihren Simon.

Oskar:
„Was für eine gute Tat. Das Leben ist schön. Fräulein Lilly, lassen sie sich von mir umarmen."

Lilly geht vor die Poolbar und umarmt Oskar und ruft:
„Ja, das Leben ist schön."

Annika geht mit einem Lächeln zu Oskar und sagt:
„Sorry, aber Lilly gehört zu Tamara."

Lilly ist über diese Aussage stolz und glücklich.

Annika:
„Liebe Lilly, ich habe dir jemanden mitgebracht. Komm zu uns, liebe Tamara. Deine Verlobte braucht dich jetzt mehr denn je."

Lilly und Tamara umarmen und küssen sich.

Valentin:
„Was? Verlobt? Zukünftige Ehefrau? Habe ich etwas verpasst?

Annika:
„Ja, Lilly ist lesbisch und steht jetzt zu ihrer sexuellen Neigung und sie liebt Tamara."

Valentin:
„Und, was ist mit ihnen? Ich dachte, ihr Beide seid ein heimliches Paar."

Annika:
„Wir waren eher ein unheimliches Paar, Wir liebten uns auf der sexuellen Ebene. Oh, seht nur. Die Beiden, sind so süß. Das ist meine beste Freundin mit ihrer zukünftigen Ehefrau. Oh Gott, ich fange zu heulen an. Das berührt mich so sehr."

Charly nutzt diese emotionale Gelegenheit und sagt:
„Liebe Annika. Ich liebe dich schon seit ich dich das erste Mal gesehen habe. Du warst immer so unerreichbar für mich. Meine Liebe zu dir, ist stärker als alles andere auf

dieser Welt. Du sahst mich immer nur als Kollegen deiner Freundin. Ja, ich hatte einige sexuelle Bekanntschaften. Aber nur, weil ich bei dir keine Chancen hatte. Ich würde alle Sex-Abenteuer gegen dich eintauschen. Ausnahmslos, alle. Annika, ich liebe dich und werde dir stets treu sein. Möchtest du meine Ehegattin werden?"

Annika bremst Charly ein:
„Oh, nicht so schnell. Zuerst musst du die Probezeit überstehen. Dann, mein Lieber, schauen wir weiter."

Valentin kennt sich gar nicht mehr aus:
„Was? Der Macho mit Fräulein Annika? Seit wann?"

Oskar:
„Tja, Herr Valentin Schwarz. Wenn sie nicht permanent verschwunden wären, hätten sie einiges mitbekommen. Wie fühlt sich das eigentlich an, wenn man von der Partnerin veräppelt wird?"

Valentin:
„Habe ich schon erwähnt, dass sie mir gewaltig auf die Nerven gehen?"

Oskar:
„Ja, schon mehrmals, aber, das ist mir egal. Und, wissen sie warum?"

Valentin:
„Nein, das interessiert mich nicht."

Oskar:
„Vielleicht interessiert es ja ihrer zukünftigen Ex-Frau, oder ihrer zukünftigen neuen Frau?"

Valentin:
„Jetzt, reicht es mir. Halten sie endlich den Mund."

Oskar:
„Jetzt erst recht nicht, Herr Schwarz, oder soll ich sie mit Frau Schwarz anreden? Ich sagte ihnen doch, dass ich sie kenne. Verleugnen, ist falsch und davonlaufen, erst recht, Valentina. Räumen sie mit ihrer Vergangenheit auf, bevor sie ein neues Leben mit ihrer Isabella beginnen. Möchten sie, oder soll ich es erzählen?"

Valentin:
„Schon gut. Heute dürfte der Tag der Offenbarungen sein. Ja, ich kenne Herrn Oskar Brandner und erzähle nun die Kurzform, von meinem Leben. Ich glaubte, im falschen Körper geboren worden zu sein und zog Frauenkleider an. Ich nannte mich Valentina und gab mich als lesbische Frau aus, damit ich von keinem Mann, angebaggert werde. Ich weiß: In der Regel, sind Männer die Frauenkleider tragen, homosexuell. Aber, das war ich nie. Ich wollte immer Frauen und dazu benötigt man halt auch das Männliche in der Hose. Auf das ich auch niemals verzichten wollte, da ich ja trotzdem Frauen liebe. Deshalb kam eine Operation nie in Frage, obwohl ich totunglücklich war, als Mann zu leben. Im beruflichen Bereich, lernte ich Oskar kennen, der es irgendwie erkannte, dass ich eigentlich ein Mann bin. Ja, und so flog alles auf. Damals hatte ich einen guten Job, den aber nur Frauen machen durften. Meine Erklärung, ich lebe als Frau, weil ich für mich in einem falschen Körper leben musste und nicht wegen dem Job, fand kein Gehör. Natürlich, wurde ich gefeuert. Nachdem, dachte ich über mein Dasein nach, nahm psychische und psychologische Beratung an. Erst als ich Marlene kennenlernte, lebte ich wieder als stolzer Mann."

Lilly:
„Ja, so hat jeder seine Lebensgeschichte zu meistern. Respekt, Herr Schwarz."

Valentin:
„Jetzt sagen sie mir bitte, warum sie mir immer geholfen haben, um nicht bei meiner Frau aufzufliegen?"

Lilly:
„Ich weiß es eigentlich gar nicht. Ich fand es total unfair ihrer Frau gegenüber, aber ich konnte sie nicht ins offene Messer laufen lassen. Immerhin sind sie ein Gast. Natürlich ist Frau Schwarz auch mein Gast, und es wäre eventuell meine Pflicht gewesen, ihr Bescheid zu geben. Warum ich ihnen geholfen habe, weiß ich einfach nicht, Sie taten mir vielleicht leid."

Marlene:
„Es war erstaunlich, wie sie sich für meinen Mann, verbogen hatten. Es amüsierte mich, ehrlich gesagt."

Oskar köpft eine Champagnerflasche und widmet sich allen Anwesenden an der Bar:
„Meine Lieben. Wie ich immer sagte: Das Leben ist schön. Bedenkt immer: Glücklich ist nur der, der auch den richtigen Partner in den Händen hält. Eine Ehe, aus finanziellen Gründen oder auch aus anderen Gründen, hemmt die leidenschaftliche Liebe. Es ist falsch, ein Spiel mit zu spielen, wenn es nicht Liebe ist. Wie es unsere Lilly, richtig erkannt hatte: Liebe ist Liebe, und im geschäftlichen Sinn, kann es nur Partner geben. Die Liebe gehört den liebenden Menschen, die sich von ganzem Herzen lieben."

Annika:
„Schöne Worte. Eines, haben sie nicht erkannt, Herr Brandner. Und zwar die Liebe von Charly und mir. Sie sagten mir, ich liebe eigentlich jemanden Anderen?"

Oskar:
„Ich hatte damit recht, als ich sagte: sie lieben nicht diesen Charakter. Ihr Herz schmerzte. Sie liebten Charly, aber nicht seine Art wie er gelebt hat. Wenn sie zurückblicken,

dann müssen sie mir zustimmen. Dass sich ein Gockel noch zu einem respektablen Mann entwickelt, wer hätte das gedacht? Aber, ich freue mich für euch Beiden. Zum zweiten, lieben sie auch Lilly, oder nicht? Wem sie jetzt mehr lieben, wissen nur sie selbst."

Diesbezüglich schweigt Annika. Tief in ihrem Herzen, spürt sie die wahre Liebe zu Lilly. Doch, weiß sie, dass es nicht sein sollte, aus verschiedenen Gründen: Lilly ist mit Tamara verlobt. Sie selbst, liebt Sex mit Männern, sie kann ohne Mann nicht leben. Lilly ist ihre beste Freundin.
Wenn sie jetzt, ihre wahre Liebe zu Lilly gestehen würde, dann ginge es nicht gut aus. Somit schweigt sie mit gebrochenem Herz und versucht, mit Charly ein glückliches Leben zu führen. Klar, liebt sie Charly, aber nicht so, wie sie Lilly liebt. Sie versucht sich, damit zu arrangieren und hält sich zurück.
Genau das, muss Annika gestehen, als in einem ungestörten Moment, Lilly auf sie zukommt:

„Hey, Annika. Ich gratuliere dir. Nun bist du mit Charly zusammen."

Annika:
„Ja, jetzt brauche ich nicht mehr jammern."

Lilly:
„Aber?"

Annika:
„Was, aber?"

Lilly:
„Ich kenn dich, meine Liebe. Da gibt es ein: Aber. Sprich."

Annika sagt nach kurzem Schweigen:
„Ja, du kennst mich wirklich. Darf ich dich etwas fragen?"

Lilly:
„Klar, immer."

Annika:
„Wenn ich lesbisch wäre, hätte ich bei dir Chancen gehabt? Ich meine, hätten wir ein Paar werden können?"

Lilly:
„Schon möglich. Aber, du liebst auch Männer, und das hätte nicht funktioniert. Was ist eigentlich los mit dir? Du liebst Charly, jetzt bist du mit ihm zusammen und trotzdem nicht glücklich?"

Annika:
„Doch, doch. Es ist nur so, dass ich Charly niemals so lieben kann, wie dich."

Lilly:
„Jetzt bin ich aber sehr überrascht. Wie kann das sein?"

Annika:
„Ich liebte dich schon immer. Klar brauche ich auch einen Mann für meine sexuellen Befriedigungen, aber, die wahre Liebe, verspüre ich nur bei dir. Ich hasse meine, Bisexualität."

Lilly spürt den Schmerz ihrer Freundin und umarmt sie:
„Du bist so, wie du bist. Du brauchst beide Geschlechter und dies ist okay."

Annika:
„Ja, aber nur mit schmerzlichem Verzicht."

Lilly:
„Unsere gemeinsamen Stunden, tragen wir beide im Herzen. Niemand kann uns diese schönen Momente nehmen. Genieß die Liebe mit Charly. Er ist ein toller Mann."

Tamara kommt hinzu:
„Muss ich mir Sorgen machen?"

Annika:
„Nein. Lilly gehört zu dir. Das wissen wir alle."

Tamara:
„Eigentlich, müsste ich dich hassen, Annika. Du hattest Sex mit meiner Verlobten. Und doch, spüre ich, eine Art, Respekt und Hochachtung vor dir."

Annika:
„Warum das?"

Tamara:
„Keine Ahnung. Vielleicht, hast du etwas, was ich nicht habe. Es muss schon einen Grund geben, dass Lilly mich mit dir betrogen hat."

Lilly wird es zu Gefühlsintim und wechselt das Thema:
„Du sagtest mir gar nicht, dass du Frau Schwarz bei ihrer Affäre geholfen hattest."

Tamara:
„Tja, du wolltest deine Auszeit, und warum hätte ich es dir sagen sollen? Ich schätze Frau Schwarz sehr, und ich half ihr gerne. Es war sehr amüsant."

Annika:
„Was hast du, was ich nicht habe, Tamara?"

Tamara:
„Ich bin so wie ich bin. Das kann nur Lilly beantworten."

Lilly:
„Ihr braucht mich jetzt gar nicht so anzusehen. Ich werde mich hüten und euch Beiden vergleichen. Nein, nein. Ich werde nichts sagen."

Annika versucht ihre Traurigkeit zu überspielen:
„Sie liebt dich, Tamara. Mehr ist dazu eigentlich nicht zu sagen."

Lilly versucht es mit Charme:
„Ich liebe euch Beide. Tamara wird mir eine treue Ehefrau sein..."

Annika unterbricht sie:
„Wie wichtig dir die Treue war, haben wir alle gesehen, meine Liebe."

Lilly:
„Ja, und dafür schäme ich mich. Es wird nie mehr passieren."

Tamara:
„Das hoffe ich sehr."

Annika:
„Du schämst dich für unsere gemeinsamen Stunden?"

Lilly:
„Nein, nicht für das Annika. Sondern, dass ich Tamara, damit sehr verletzt habe. Treue ist sehr wichtig. Die Idee, mit einer Auszeit, war falsch, verlogen und absolut bescheuert. Dafür schäme ich mich."

Oskar kommt hinzu:
„Fräulein Lilly. Mich würde noch interessieren, warum sie nicht von Beginn an, Tamara als ihre Verlobte vorgestellt haben?"

Lilly:
„Ich schämte mich und hatte Angst vor den Konsequenzen, als lesbische Frau."

Marlene hörte das und sagt:
„Warum? Sie küssten doch auch Fräulein Annika. War das nicht lesbisch?"

Lilly:
„Ja, irgendwie schon. Doch, dachte ich, als bisexuelle Frau, ist man für alle Gäste akzeptabler."

Marlene:
„In diesem Moment, als sie Annika küssten, stand aber auch nicht, nur bisexuell, auf ihrer Stirn. Jeder der sie nicht kannte, dachte sowieso, sie seien lesbisch. Das was wirklich zählt, meine Liebe, ist das Herz eines Menschen, und nicht seine sexuellen Neigungen."

Lilly umarmt ihre Tamara und sagt:
„Mittlerweile, habe ich es kapiert und stehe zu meinem Leben. Nie wieder lügen."

Tamara:
„Meine Lilly, war drauf und dran, auf ihre Liebe zugunsten anderen Menschen, zu verzichten. Es kam so, wie es kommen musste. Lilly verdient den größten Respekt und meine volle Anerkennung, für ihr Handeln. Die Liebe hat gesiegt, zum Wohle aller Beteiligten."

Lilly:
„Die letzten Tage haben mir gezeigt, was Liebe wirklich ist. Nur, aus Angst falsch zu leben ist definitiv, falsch. Ich war immer lesbisch veranlagt und schämte mich dafür. Ich wollte auch, ein normaler Mensch sein. Was ist eigentlich ein normaler Mensch? Es liegt doch im Auge des Betrachters. Durch meine Angst, verlor ich beinahe meine große und wahre Liebe. Wobei, meine Gefühle für Annika, nicht verstellt waren. Für Charly, empfinde ich noch immer, sehr viel, aber als Freund, der wie ein Bruder für mich ist. Durch die spiegelverkehrten Affären, die wir alle erlebt haben, sollten wir eigentlich verstehen, wie egoistisch es

ist. Wäre eine offene Ehrlichkeit nicht besser gewesen? Warum die permanenten Lügen? Damit, verletzt man den liebsten Menschen im Leben."

Annika:
„Amen."

Oskar spricht den letzten Satz:
„Auf das schöne, aber eigenwillige Leben."

ENDE DER GESCHICHTE

Theaterstücke von Manfred Bilinsky

Mein Wunsch für mich
https://www.theaterboerse.de/verlag/autor/256_bilinsky-manfred

Annabellas sonniger Schatten
https://www.theaterboerse.de/verlag/autor/256_bilinsky-manfred

Affären zur Glückseligkeit

Auf Umwegen zur Selbstfindung

Buch-Romane von Manfred Bilinsky

Zeichen der Liebe
Verlag: Re Di Roma-Verlag (19. April 2013)
ISBN: 9783868705355

Der Kreis der Drei
Verlag: Re Di Roma-Verlag (9. Juni 2015)
ISBN: 3868707913

Zweigleisige Begierde
Verlag: Re Di Roma Verlag (11. Juli 2017)
ISBN: 9783961032075